VENCEDOR
Shirley Jackson Award
British Fantasy Award
This is Horror Award

FINALISTA
Hugo Award
Nebula Award
Locus Award
World Fantasy Award
Bram Stoker Award

A BALADA DO BLACK TOM

A BALADA DO BLACK TOM

VICTOR LAVALLE

MORROBRANCO
EDITORA

Copyright © 2016 by Victor LaValle
Publicado em comum acordo com Victor D. LaValle,
The Marsh Agency Ltd e Watkins / Loomis Agency Inc.

Título original em inglês: The Ballad of Black Tom

Coordenação editorial: Giovana Bomentre
Tradução: Petê Rissati
Tradução de "The Horror at Red Hook": Giovana Bomentre
Preparação: Jim Anotsu
Revisão: Mellory Ferraz
Design de capa: César Farah
Ilustrações Internas: César Farah
Diagramação: Gustavo Abumrad

Essa é uma obra de ficção. Nomes, personagens, lugares, organizações e situações são produtos da imaginação do autor ou usados como ficção. Qualquer semelhança com fatos reais é mera coincidência.

Todos os direitos reservados. Proibida a reprodução, no todo ou em partes, através de quaisquer meios. Os direitos morais do autor foram contemplados.

Dados Internacionais de Catalogação na Publicação (CIP)

L394b LaValle, Victor
A balada do Black Tom/ Victor LaValle; Tradução:
Petê Rissati, Giovana Bomentre. – São Paulo: Editora Morro Branco, 2018.
P. 144; 14x21cm.

ISBN: 978-85-92795-43-6

1. Literatura americana – Romance. 2. Terror. I. Rissati, Petê.
II. Bomentre, Giovana. III. Título.
CDD 813

Todos os direitos desta edição reservados à:
EDITORA MORRO BRANCO
Alameda Santos, 1357, 8º andar
01419-908 – São Paulo, SP – Brasil
Telefone (11) 3373-8168
www.editoramorrobranco.com.br
Impresso no Brasil
2018

Para H. P. Lovecraft, com todos os meus sentimentos conflitantes.

PARTE 1: TOMMY TESTER

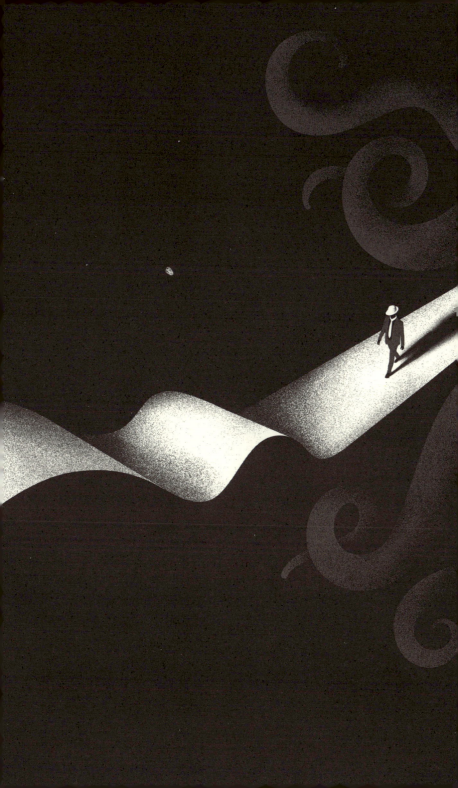

1

As pessoas que se mudam para Nova York sempre cometem o mesmo erro. Não conseguem enxergar o lugar. Essa é a verdade para Manhattan, mas também para bairros mais distantes, seja Flushing Meadows, no Queens, ou Red Hook, no Brooklyn. Elas vêm em busca de magia, seja boa ou má, e nada vai convencê-las de que a tal magia não está aqui. Porém, isso não era de todo ruim. Alguns nova-iorquinos aprenderam como ganhar a vida com essa ideia equivocada. Charles Thomas Tester, por exemplo.

A manhã mais importante começou quando Charles saiu de seu apartamento no Harlem. Tinha sido contratado para uma entrega em uma casa no Queens. Dividia o cafofo no Harlem com seu pai doente, Otis, um homem que estava à beira da morte desde que sua mulher, com quem fora casado por 21 anos, falecera. Tiveram um filho, Charles Thomas, e, embora ele estivesse com vinte anos, exatamente a idade da independência, cumpria o papel de filho zeloso. Charles trabalhava para sustentar o pai moribundo, se virava para lhe dar comida, abrigo e conseguir um extra para fazer uma fezinha. Deus sabe que não fazia mais que isso.

Pouco depois das oito da manhã ele saiu do apartamento com seu terno de flanela cinza; as calças estavam bem surradas e as mangas eram nitidamente curtas. Tecido fino, mas puído, o que dava a Charles um certo visual. Como um cavalheiro sem a conta bancária de um. Pegou os sapatos brogue de couro marrom com bico marcado e depois o gorro marrom com orelhas feito de pele de foca em vez do chapéu fedora. A aba do gorro mostrava sua idade e uso, e era bom para seus esquemas também. Por fim, pegou o estojo do violão, essencial para completar o visual. Deixava o violão em casa com o pai acamado. Dentro do estojo carregava um livro amarelo, pouco maior que um baralho.

Quando Charles Thomas Tester estava saindo do apartamento no lado oeste da 144th Street, ouviu seu pai dedilhar as cordas no quarto dos fundos. O velho conseguia passar metade do dia tocando o instrumento e cantando junto com o rádio ao lado da cama. Charles esperava estar de volta antes do meio-dia com o estojo do violão vazio e a carteira cheia.

— "Quem escreveu isso?" — cantou o pai com a voz rouca, mas ainda mais bonita por isso. — "Mas quem escreveu isso?"

Antes de sair, Charles cantou a última linha do refrão.

— "João, o Revelador".

Ele ficou envergonhado por sua voz, nada afinada, ao menos quando comparada à de seu pai.

No apartamento, Charles Thomas Tester atendia por Charles, mas na rua todo mundo o conhecia como Tommy. Tommy Tester, sempre carregando o estojo do violão. Não porque aspirasse a ser músico; na verdade, mal conseguia se lembrar de um punhado de canções, e sua voz cantando podia ser gentilmente descrita como vacilante. Seu pai, que ganhara a vida como pedreiro, e a mãe, que passara a vida trabalhando como doméstica, amavam música. O pai tocava violão, e a mãe sabia tocar piano direitinho. Natural que Tommy Tester acabasse atraído pela arte de se apresentar, mas sua única tragédia era a falta de talento. Pensava em si como um artista das ruas. Alguns o chamavam de golpista, trapaceiro, vigarista, mas ele nunca pensava em si dessa forma. Nenhum bom charlatão jamais pensa assim.

Com as roupas que havia escolhido, parecia estar vestido como um músico fascinante e falido. Era um homem que chamava a atenção e gostava disso. Andou até a estação de trem como se estivesse indo tocar em uma festinha de arrecadação de fundos para aluguel junto com Willie "The Lion" Smith. E Tommy já havia tocado com a banda de Willie. Depois de uma única música, Willie expulsou Tommy. E, ainda assim, Tommy carregava aquele estojo de violão como os empresários carregavam com orgulho suas pastas quando saíam para o trabalho. As ruas do Harlem tinham virado uma confusão em 1924, com negros chegando do Sul e das Índias Ocidentais. Uma parte já apinhada da cidade viu-se com mais gente para acomodar. Tommy Tester gostava bastante daquilo tudo. Caminhar pelo Harlem logo de manhã era como ser uma gota de sangue dentro de um corpo enorme que desperta. Tijolo e cimento, trilhos elevados e quilômetros de tubulação subterrânea, aquela cidade vivia; dia e noite ela vicejava.

Tommy ocupava mais espaço que a maioria das pessoas por causa do estojo de violão. Na entrada da 143th Street, precisou erguê-lo sobre a cabeça enquanto subia as escadas até os trilhos elevados. O livreto amarelo lá dentro fazia barulho, mas não pesava muito. Ele iria até a 57th Street e lá faria a baldeação para a Linha Roosevelt Avenue Corona da btm. Era a segunda vez que saía para o Queens, a primeira tinha sido quando aceitou o trabalho especial que seria concluído naquele dia.

Quanto mais Tommy Tester avançava no Queens, mais em evidência ficava. Em Flushing moravam muito menos pretos que no Harlem. Tommy afundou levemente o gorro na cabeça. O condutor entrou no vagão duas vezes, e nas duas parou para conversar com Tommy, uma vez perguntando se ele era músico, batendo no estojo de violão como se fosse dele, e na segunda vez para questionar se Tommy havia perdido a estação. Os outros passageiros fingiram desinteresse, embora Tommy tivesse visto como ouviam a conversa. Ele foi direto nas respostas: "Sim, senhor, eu toco violão" e "Não, senhor, ainda faltam algumas estações". Tornar-se imperceptível, invisível, pertencente – havia truques úteis para um negro em uma vizinhança toda branca. Técnicas de sobrevivência. Na última parada, na Main Street, Tommy Tester saiu com todos os outros – imigrantes irlandeses e alemães em sua maioria – e desceu até o nível da rua. Uma longa caminhada a partir dali.

Durante o caminho inteiro, Tommy ficou maravilhado com as ruas amplas e os apartamentos ajardinados. Embora a vizinhança tivesse crescido, se modernizado muito desde seus dias de território agrícola holandês e britânico, para um rapaz como Tommy, criado no Harlem, tudo aquilo parecia rústico e confusamente espaçoso. Os braços abertos da natureza preocupavam-no tanto quanto gente branca, os dois muito estranhos a ele. Quando passava por brancos na rua, mantinha os olhos baixos e os ombros caídos. Homens do Harlem eram conhecidos por seu andar empertigado de leão, mas ali fora ele escondia esse caminhar. Era observado, mas nunca parado. Seu disfarce, o arrastar dos pés, funcionava bem. E, por fim, em meio a quarteirões e mais quarteirões de prédios de apartamentos ajardinados recém-construídos, Tommy Tester encontrou seu destino.

Uma casa pequena e quase perdida em meio a um pequeno bosque, o restante do quarteirão era tomado por um necrotério. Um lar crescia como um tumor junto à casa dos mortos. Tommy Tester virou na entrada e nem teve que bater. Antes que subisse os degraus, a porta da frente se abriu em uma fresta. Uma mulher alta e esquelética estava na entrada, meio nas sombras. Ma Att. Era o nome que ela lhe dera, o único pelo qual respondia. Ela o contratou assim. Naquele batente, através de uma porta entreaberta. Correu o boato no Harlem de que ela precisava de ajuda, e Tommy era o tipo de homem que podia conseguir o que ela precisava. Foi convocado à sua porta e recebeu a missão sem sequer ser convidado a entrar. O mesmo aconteceria agora. Ele entendia, ou ao menos podia adivinhar o motivo. O que os vizinhos diriam se aquela mulher tivesse pretos entrando livremente em sua casa?

Tommy desabotoou a fivela do estojo de violão e o segurou aberto. Ma Att inclinou-se para frente até a cabeça se esticar à luz do dia. Lá dentro estava o livro, menor que a palma da mão de Tommy. A capa e a contracapa eram de um amarelo pálido. Três palavras estavam gravadas nos dois lados. *Zig Zag Zig*. Tommy não sabia o que significavam aquelas palavras, nem se importava em saber. Não tinha lido aquele livro, nem mesmo o tocara com as mãos nuas. Fora contratado para transportar o livreto amarelo, e foi tudo o que fez. Era o homem certo para aquela tarefa, em parte porque sabia que não deveria fazer nada além disso. Um bom trambiqueiro não é curioso. Um bom trambiqueiro só quer o seu dinheiro.

Ma Att olhou o livro lá no estojo e depois para ele novamente. Pareceu levemente decepcionada.

— Nem teve a tentação de dar uma olhada? — perguntou ela.

— Cobro a mais por isso — disse Tommy.

Ela não achou engraçado. Só bufou uma vez e pronto. Em seguida, estendeu a mão para dentro do estojo de violão e de lá tirou o livro. Moveu-se tão rápido que o livro mal teve a chance de pegar um único raio de sol, mas, ainda assim, quando o livro foi puxado para a escuridão da casa de Ma Att, um filete tênue de fumaça apareceu no ar. Mesmo o contato de relance com a luz do dia tinha feito o livro se incendiar. Ela bateu na capa uma vez, extinguindo a faísca.

— Onde o encontrou? — perguntou ela.

— Tem um lugar no Harlem — disse Tommy, sua voz sussurrada. — Chamam de Sociedade Victoria. Mesmo os gângsteres mais durões no Harlem têm medo de ir até lá. É onde pessoas como eu negociam livros como o seu. E coisas piores.

Nesse momento, ele parou. O mistério pairou no ar como o aroma do livro chamuscado. Ma Att inclinou-se mesmo para frente, como se ele tivesse enroscado um anzol em seu lábio. Mas Tommy não disse mais nada.

— Sociedade Victoria — sussurrou ela. — Quanto cobraria para me colocar lá dentro?

Tommy examinou o rosto da velha. Quanto ela poderia pagar? Imaginou o valor, mas ainda assim fez que não com a cabeça.

— Me sentiria péssimo se a senhora se machucasse lá dentro. Desculpe.

Ma Att observou Tommy Tester, calculando o quanto podia ser ruim um lugar como esta Sociedade Victoria. Afinal, uma pessoa que traficava livros como aquele amarelinho em sua mão não era mesmo um sujeito frágil.

Ma Att estendeu a mão e bateu com o dedo na caixa de correio presa à parede externa. Tommy a abriu e encontrou seu pagamento. Duzentos dólares. Contou o dinheiro ali mesmo, na frente dela. Suficiente para seis aluguéis, água e luz, comida e tudo o mais.

— Você não deve ficar nesta vizinhança depois que o sol se puser — disse Ma Att. Ela não parecia preocupada com ele.

— Vou voltar para o Harlem antes do almoço. Não aconselho a senhora a visitar o lugar, seja de dia ou de noite. — Ele inclinou a boina, fechou de uma vez o estojo de violão e se afastou da porta de Ma Att.

No caminho de volta ao trem, Tommy Tester decidiu encontrar seu amigo, Buckeye. Buckeye trabalhava para a Madame St. Clair, a rainha da loteria ilegal do Harlem. Tommy tinha que jogar o número da casa de Ma Att naquela noite. Se desse seu número, teria dinheiro suficiente para comprar um estojo de violão melhor. Talvez até mesmo comprar o próprio violão.

2

— Que viola batuta.

Tommy Tester não precisava nem erguer os olhos para saber que tinha encontrado um novo alvo. Só precisou ver a qualidade dos sapatos do homem, a ponta da bengala chique. Pegou seu violão, ainda se acostumando à sensação do novo instrumento, e cantarolou em vez de cantar porque parecia um músico mais talentoso quando não abria a boca.

A ida até o Queens no mês anterior inspirou Tommy Tester a viajar mais. As ruas do Harlem ficavam bem cheias de cantores e tocadores de violão, homens com instrumentos de sopro, e qualquer um deles humilhava sua modesta apresentação. Se Tommy tinha três canções em seu repertório, cada um daqueles homens tinha trinta, trezentas. Mas na volta da casa de Ma Att, ele percebeu que não passara por nenhum tocador de violão pelo caminho. O cantor de rua talvez fosse mais comum no Harlem e lá em Five Points, ou em partes mais modernas do Brooklyn, mas um tanto dessa cidade ainda mantinha – essencialmente – um pouco desse caráter alpinista social de interior. Nenhum dos outros músicos do Harlem pegaria um trem até o Queens ou ao Brooklyn rural pela chance de conseguir dinheiro dos imigrantes, que tinham fama de prósperos e residiam naquelas regiões. Mas um homem como Tommy Tester – que apenas fingia fazer música – certamente poderia. Aquele povo europeu e os irlandeses de fora da Ilha provavelmente não sabiam coisa nenhuma sobre jazz sério, então a versão barata de Tommy ainda poderia se destacar.

Quando voltou da casa de Ma Att, falou tudo isso com o pai. Otis Tester, mais uma vez, ofereceu-se para conseguir um trabalho de pedreiro para ele ingressar na profissão. Um gesto gentil, a tentativa de um pai amoroso, mas não que funcionasse com o filho. Tommy Tester nunca diria em voz alta – isso magoaria demais seu velho –, mas trabalhar na construção só tinha dado ao pai mãos calosas e costas encurvadas, nada mais. Otis Tester ganhava um salário de preto, não o de um branco, como era comum em 1924, e mesmo esse dinheiro ficava retido se o capataz às vezes quisesse um pouco mais no bolso. O que um preto ia fazer? Reclamar com quem? Havia um sindicato, mas os pretos não podiam entrar. O negócio *era* menos dinheiro e pagamento errático. Tão certo quanto misturar cimento quando os operários não apareciam para fazê-lo. As empresas contratantes de Otis Tester, que sempre afirmavam que ele era um deles, preencheram sua vaga no mesmo dia em que seu corpo finalmente pifou. Otis, um homem orgulhoso, tentou instilar um senso de responsabilidade em seu filho único, como fazia a mãe de Tommy. Mas a lição que Tommy Tester aprendeu em vez dessa foi a de que era melhor arranjar uma maneira de fazer seu dinheiro, porque este mundo não estava tentando deixar um preto rico. Se Tommy pagava o aluguel e trazia comida para casa, de que seu pai podia reclamar? Quando jogou o número da casa de Ma Att, foi o que deu como sonhou que daria, e ele comprou um violão chique e um estojo. Agora, era comum Tommy e Otis tocarem noite adentro criando harmonias. Tommy até melhorou moderadamente sua afinação.

No entanto, Tommy decidiu não voltar a Flushing, no Queens. A premonição de vigarista lhe disse que não queria encontrar Ma Att de novo. No fim das contas, o livro que ele lhe dera estava com uma página faltando, não estava? Justamente a última página. Tommy Tester tinha feito de propósito. Aquilo fazia com que o tomo ficasse inútil, inofensivo. Tinha feito isso porque sabia exatamente o que tinham lhe pedido para entregar. O Alfabeto Supremo. Ele não precisava lê-lo inteiro para saber de seu poder. Tommy duvidava muito que a velha quisesse o livrinho amarelo para uma leitura casual. Não havia tocado o livro com as mãos nuas e não tinha lido uma única palavra dentro dele, mas havia maneiras de fazer a última página de pergaminho se soltar com segurança. Na verdade, aquela página ainda estava no apartamento de Tommy, dobrada em um quadrado, encaixada bem no corpo do antigo violão que ele sempre deixava com seu pai. Tommy fora alertado para não ler as páginas, e ele se ateve a essa regra. Seu pai foi quem rasgou a última página, e ele não sabia ler. Seu analfabetismo servira de proteção. É assim que se afana um objeto arcano. Contorne as regras, mas não as viole.

Naquele dia, Tommy Tester tinha ido à Igreja Reformada, em Flatbush, Brooklyn; tão longe de casa quanto Flushing e sem uma feiticeira furiosa. Usava o mesmo traje de quando foi visitar Ma Att, sua boina virada de cabeça para baixo aos seus pés. Ele se pôs diante das grades de ferro do cemitério da igreja. Um pouco teatral essa escolha, mas o tipo certo de pessoa seria atraído por aquela imagem. O negro do jazz em sua dignidade desgastada cantando suavemente perto das lápides.

Tommy Tester sabia duas canções de jazz e um pouco de blues. Tocou tons de blues por duas horas, pois soava mais melancólico. Não se importava mais com as palavras, apenas os acordes e um acompanhamento cantarolado. E então o senhor de sapatos finos e bengala apareceu. Ouviu em silêncio por um tempo antes de falar.

— Que viola batuta — disse o homem finalmente.

E foi o termo – *viola* – que garantiu a Tommy que seu esquema havia funcionado. Simples assim. O senhor queria que Tommy soubesse que podia falar sua língua. Tommy tocou mais uns acordes e terminou sem floreado. Por fim, olhou para frente e viu o velho corado, sorrindo. O homem era redondo e baixote, e sua cabeleira balançava ao vento com a franja branca e macia como um dente-de-leão. A barba estava crescendo, esfiapada e cinzenta. Não parecia um homem rico, mas era um abastado que tinha condições de pagar pelo disfarce. Tinha que ser rico para arriscar parecer falido. No entanto, os sapatos atestavam a riqueza do homem. E sua bengala, com um castão na forma de cabeça de animal, feito de um metal que parecia ouro puro.

— Meu nome é Robert Suydam — disse o homem. Em seguida esperou, como se o nome devesse fazer Tommy Tester se curvar. — Vou dar uma festa na minha casa. O senhor vai tocar para os meus convidados. Essas músicas melancólicas servem bem ao ambiente.

— O senhor quer que eu cante? — perguntou Tommy.

— Quer me pagar para cantar?

— Venha até minha casa daqui a três noites.

Robert Suydam apontou na direção da Martense Street. O velho vivia lá em uma mansão escondida dentro de um bosque desordenado. Prometeu a Tommy quinhentos dólares pelo serviço. Otis Tester nunca tinha feito mais de novecentos em um ano. Suydam tirou uma carteira e entregou a Tommy cem dólares. Tudo em notas de dez.

— Um adiantamento — disse Suydam.

Tommy deixou o violão sobre o estojo e aceitou as notas, dobrando-as. Notas de 1923. Andrew Jackson aparecia no verso. A imagem do Velho Hickory não olhava diretamente para Tommy, mas de soslaio, como se avistasse algo bem acima do ombro direito de Tommy Tester.

— Quando chegar na casa, você deve dizer uma palavra e apenas esta palavra para ter acesso.

Tommy parou de contar o dinheiro, dobrou-o duas vezes e o deslizou para o bolso interno do casaco.

— Não posso saber o que acontecerá se o senhor a esquecer — disse Suydam, em seguida parou para observar Tommy, avaliando-o. — Asmodeus — disse Suydam. — Essa é a palavra. Diga para mim.

— Asmodeus — repetiu Tommy.

Robert Suydam bateu a bengala duas vezes na calçada e se afastou. Tommy observou-o caminhar três quarteirões antes de recolher a boina e colocá-la. Fechou o estojo do violão com um clique. Mas antes de Tommy Tester dar um passo na direção da estação de trem, foi agarrado com força pela nuca.

Dois homens brancos apareceram. Um era alto e magro, o outro alto e largo. Juntos pareciam o número 10. O largo segurava Tommy pelo pescoço. Sabia que aquele ali era um policial, ou tinha sido no passado. Lá no Harlem, chamavam essa pegada de Cumprimento do John. O magro ficou dois passos atrás.

A surpresa daquilo tudo fez com que Tommy esquecesse a pose de deferência que normalmente adotava quando policiais o paravam. Em vez disso, agiu como ele mesmo, um garoto do Harlem, um homem orgulhoso que não aceitava gentilmente que o tratassem como um merda.

— Está um pouco forte essa pegada — disse ele ao homem largo.

— E você está longe de casa — respondeu ele.

— Você não sabe onde eu moro — retrucou Tommy.

O largo enfiou a mão dentro do casaco de Tommy e retirou as notas de dez dólares.

— Vimos você pegar isso aqui com o velhote — começou ele. — Aquele velho é parte de uma investigação em curso, então isso aqui é uma prova.

Ele enfiou as notas no bolso das calças e observou Tommy para medir sua reação.

— Negócios de polícia — disse Tommy com frieza e parou de pensar que o dinheiro já tinha sido dele.

O largo apontou o magro.

— Ele é detetive da polícia. Eu sou detetive particular.

Tommy olhou do detetive particular para o policial. Alto, magro e queixo protuberante, seus olhos impassíveis e observadores.

— Malone — finalmente disse ele. — E este é...

O homem largo interrompeu-o.

— Ele não precisa saber meu nome. Nem precisava saber o seu.

Malone parecia exasperado. Aquele procedimento de violência não parecia ser seu estilo. Tommy Tester observou os homens rapidamente. O detetive particular tinha a postura de um bruto, enquanto o outro, Malone, parecia sensível demais para o trabalho policial. Tommy considerou que ele havia ficado uns poucos passos atrás para se manter longe do detetive particular, não de Tommy.

— Quais são seus negócios com o senhor Suydam? — perguntou o detetive particular. Puxou a boina de Tommy e olhou lá dentro, como se pudesse haver mais dinheiro.

— Ele gostou da minha música — disse Tommy. Em seguida, calmo o bastante para se lembrar da situação, acrescentou a palavra rapidamente. — Senhor.

— Ouvi sua voz — comentou o detetive particular. — Ninguém seria capaz de gostar dela.

Tommy Tester gostaria de ter contestado, mas, às vezes, até mesmo um bruto corrupto e violento podia ter razão.

Robert Suydam não estava pagando quinhentos dólares pela voz de Tommy. Pelo quê, então?

— Agora eu e o detetive Malone vamos acompanhar o senhor Suydam, mantê-lo em segurança. E você vai voltar para casa, não é mesmo? Onde fica sua casa?

— Harlem — respondeu Tommy. — Senhor.

— Claro que é — disse Malone em voz baixa.

— Para o Harlem, então — acrescentou o detetive particular. Ele pôs a boina de volta sobre a cabeça de Tommy e deu uma olhada rápida, sarcástica para Malone. Ele se virou para onde o velho tinha ido, e somente então Malone se aproximou de Tommy. Àquela distância, Tommy conseguiu sentir uma espécie de tristeza no oficial macilento. Os olhos sugeriam que era um homem decepcionado com o mundo.

Tommy esperou antes de se abaixar para pegar seu estojo de violão. Nenhum movimento repentino na frente de um policial, mesmo um tristonho assim. Só porque Malone não era durão como o detetive particular não significava que fosse gentil.

— Por que ele lhe deu aquele dinheiro? — perguntou Malone. — Por quê, de verdade?

Ele perguntou, mas parecia duvidar que viria uma resposta honesta. Em vez disso, apertou os lábios e estreitou os olhos como se sugerisse estar sondando uma resposta a outra pergunta. Tommy teve receio de mencionar a apresentação na casa de Suydam dali a três noites. Se não tinham ficado satisfeitos em Tommy conversar com Suydam na rua, como reagiriam ao saber que ele planejava visitar a casa do velho? Tommy havia perdido cem dólares para o detetive particular, mas se danaria se abrisse mão da promessa de mais quatrocentos dólares. Decidiu fazer um papel que sempre funcionava com brancos. O do Preto Ingênuo.

— Sei não, senhor — começou Tommy. — Sou só um simples tocador de violão.

Malone quase chegou a sorrir pela primeira vez.

— Você não é simples — disse ele.

Tommy observou Malone se afastar para alcançar o detetive particular. Ele olhou para trás.

— E é melhor você ficar longe do Queens — disse Malone. — Aquela velha não está feliz com o que você fez no livro dela!

Malone afastou-se, e Tommy Tester ficou lá, sentindo-se exposto – *visto* – de uma maneira que nunca experimentara.

— Você é policial — gritou Tommy. — Não pode me proteger?

Malone olhou para trás mais uma vez.

— Armas e distintivos não assustam todo mundo.

3

Buckeye, o melhor amigo de Tommy, chegou ao Harlem em 1920, quando tinha dezesseis anos. Aos catorze, saiu da pequena ilha caribenha de Montserrat para trabalhar no Canal do Panamá, e do Panamá tomou seu rumo para os Estados Unidos, para o Harlem. Chegou esperando fazer o mesmo trabalho que fazia no canal – construção –, mas logo descobriu o que Otis Tester já sabia havia muito: pretos não tinham proteção. Buckeye quebrou o tornozelo aos dezessete e se viu afastado do trabalho por dois meses. Quando estava pronto para voltar, sua vaga tinha sido preenchida, e, além disso, o tornozelo nunca sarou direito. Não podia ficar em pé por muitas horas, não podia carregar muito peso sem fazer uma pausa. Logo deparou com Madame St. Clair e sua famosa loteria. Ela o contratou porque precisava de homens do Caribe que conhecessem e atraíssem a confiança dos imigrantes recém-chegados das Índias Ocidentais. Madame St. Clair evoluiu em tempos de mudança, e por conta disso prosperou. Os subornos regulares para a polícia local também ajudavam. Buckeye conheceu Tommy Tester nesse ambiente. Tommy tocava em um clube onde Buckeye fazia negócios. Numa noite, Buckeye se sentou ao lado de Tommy no balcão e perguntou onde ele havia aprendido a cantar tão mal. Tinha feito aula ou era um dom natural? Rapidamente se tornaram amigos.

Agora, Tommy Tester estava levando seu pai para fora do prédio e caminhando pelo quarteirão. Tinha voltado para casa do encontro com Robert Suydam, Malone e o detetive particular, e sentiu a necessidade de dar uma saída à noite. Levou tempo para convencer Otis a sair, pois ele nunca deixava o apartamento. Era como um cão que procura a escuridão para poder morrer sozinho, mas Tommy tinha planos diferentes para ele. Ou talvez precisasse demais do pai para deixar que fosse embora com tanta facilidade.

Buckeye deixou um convite em aberto para Tommy na Sociedade Victoria. Ficava na 137th Street. A caminhada era só de sete quarteirões, mas, por conta da saúde do pai, levaram meia hora para chegar.

A Sociedade Victoria consistia em três salas modestas no segundo andar de um prédio de apartamentos. Era um clube social caribenho. No fim da rua, Tommy e Otis estavam no Harlem negro; na Sociedade Victoria, entravam nas Índias Ocidentais Britânicas. A bandeira de cada nação caribenha estava afixada nas paredes do longo corredor. Uma bandeira dos EUA muito maior pendia ao fundo. Na entrada do emaranhado de cômodos, Tommy Tester teve que dar o nome de Buckeye três vezes. O porteiro permaneceu imóvel até Tommy dar o nome de batismo de Buckeye, George Hurley. Funcionou como um feitiço.

Tommy e Otis seguiram o porteiro a uma distância. Uma das salas da sociedade era reservada para homens jogarem carteado ou dominó; a segunda tinha homens recostados em poltronas, fumando e ouvindo música tocada em volume respeitável; e a terceira tinha mesas de carteado com toalhas e cadeiras para refeições. Buckeye convidara Tommy para ir à Sociedade Victoria muitas vezes ao ano desde que travaram amizade, mas Tommy nunca tinha entrado ali até aquele momento. Sentiu uma pontada, como um tapa na cara. Aquele lugar era o que havia descrito para Ma Att? A epítome de um covil de crime e pecado? O lugar ao qual os piores criminosos do Harlem tinham medo de ir?

Ele imaginou que soubesse que tipo de lugar seria. Buckeye cuidava das loterias para a maioria das gângsteres famosas da cidade de Nova York, então por que a Sociedade Victoria não seria como aqueles lendários esconderijos do ópio? Ou Tommy simplesmente supôs coisas terríveis sobre aquela onda de imigrantes das Índias Ocidentais? Os pretos norte-americanos do Harlem levantavam fofocas sobre os recém-chegados de um jeito horrível. E agora ele tinha achado a Sociedade Victoria mais parecida com um salão de chá britânico. Ficou um tanto decepcionado. Levara o pai até ali porque queria lhe mostrar uma noite escandalosa. Tinha ouvido falar de mulheres dançando quase sem roupa, tão próximas que praticamente se sentavam no colo.

Estar ali dentro, ver aquele lugar de verdade, era como descobrir que existia outro mundo dentro – ou paralelo – do mundo que sempre conhecera. Pior, durante todo aquele tempo tinha sido ignorante demais para percebê-lo. A ideia o perturbava como um nervo pinçado.

Tommy e o pai sentaram-se, e o homem mais velho suspirou fundo. Otis passou um bom tempo ajustando-se à cadeira para minimizar a dor nas costas. Movia-se como um ancião. Otis Tester tinha 41 anos de idade.

Uma mulher magra veio até a mesa oferecer o jantar que tinha feito em sua cozinha e trouxera para vender. Era de Trinidad. Eram pratos feitos, e ela os empurrava pela sala de jantar em um carrinho. *Saheena*, abacaxi cozido e torta de macarrão. Uma tigela de sopa de osso de vaca. Copos altos de suco de maracujá. A refeição completa, para os dois homens, por um dólar. Tommy pagou.

— Não sei o que é essa confusão toda — disse Otis, observando o prato à sua frente como se o objeto fosse atacá-lo. — Por que não vamos lá no Bo's?

Tommy se flagrou observando a mulher trinitina porque ela lembrava sua mãe. Aquela compleição magra e o pé chato. Irene Tester, falecida há quatro anos. As pessoas que a conheciam bem costumavam chamá-la de Michigan, porque ela nunca parava de falar sobre o lugar de onde seus pais tinham vindo. Teve um colapso em um ônibus, morreu entre estranhos aos 37 anos. A vida como doméstica a desgastou tanto quanto a construção fez com Otis. Tommy olhou para seu pai, imaginando se ele também estava pensando que a trinitina parecia Irene, mas o velho apenas encarava os pratos, assombrado.

— Ora essa — disse Tommy. — Deve ter algo aqui de que o senhor vá gostar.

Otis observou a mesa, procurando algo que reconhecesse. Ele ergueu um garfo e cutucou a torta de macarrão.

— Isso aqui é só queijo e macarrão, não é?

Tommy Tester afundou garfo e faca em sua porção. Levou-a à boca e mastigou. Depois de engolir, fez que sim com a cabeça, mas o pai ficou cutucando o prato de qualquer forma, como se não confiasse no filho. Deixou o garfo de lado, sem comer.

— Agora, quanto você disse que o branco vai te pagar?

— Quatrocentos dólares.

— Tudo isso só para tocar na festa dele? — perguntou Otis. Pegou o copo de suco de maracujá, cheirou, deixou o copo de lado. — Tudo isso para *você* tocar na festa dele?

Tommy estava mastigando um pouco do cozido de abacaxi. Era doce, mas o gosto do sumo de limão e da pimenta forte veio logo depois. Ele engoliu o suco para resfriar a garganta.

— Foi o que ele disse.

Otis ergueu as mãos e as manteve separadas no ar o máximo que pôde.

— Essa é a distância entre o que um homem branco diz a um preto e o que ele realmente quer dizer.

Tommy sabia disso, claro. Já não tinha vivido vinte anos nos Estados Unidos? Aquele esquema todo – *entretenimento* – baseava-se na ideia de que as pessoas tinham motivos velados para contratá-lo.

Quando se vestia naquelas roupas esfarrapadas e se fazia de homem do blues ou do jazz ou mesmo de preto dócil, sabia que o papel lhe conferia um tipo de poder. Dê às pessoas o que elas esperam e pode conseguir delas tudo o que precisa. Elas não percebem que você as sugou até estarem secas. Ma Att basicamente lhe pagou para receber um item inútil, não foi? Se tivesse feito o papel de quase-gângster para receber, e daí? Ele assumia os papéis que precisava para encher sua conta no banco. Mas tudo isso parecia criminoso para Otis. Ou degradante. O homem tinha uma opinião descomunal sobre dignidade. Nobreza não pagava tão bem a ponto de fazer Tommy se dar ao trabalho de tê-la.

— Vou ter cuidado, pai.

Otis Tester observou o filho em silêncio. O restante da sala de jantar ficou cada vez mais barulhento à medida que as mesas se enchiam, mas uma espécie de quietude, uma bolha reservada, cercava a mesa dos dois. Otis era pai de um rapaz negro de vinte anos que explicava alegremente que sairia para Flatbush, no meio da noite, para a casa de um branco. Era a mesma coisa que dizer ao pai que planejava brigar com um urso.

— Quando saí da cidade de Oklahoma — disse Otis Tester —, percorri as ferrovias. Fiquei desempregado até chegar aqui, no leste.

Não era a primeira, nem a quingentésima vez, que Tommy Tester ouvia aquela história. Tommy comeu para não expressar sua decepção. Otis não tinha ouvido o detalhe mais importante? *Quatrocentos dólares.*

— Evitei cruzar o Arkansas — continuou Otis. — Fosse você preto, branco ou índio, eles eram bem duros com a vagabundagem em Arkansas. Tinham trabalhos forçados, sabe? Fui para o leste de St. Louis, até Evansville. Me tiraram do trem uma vez em Decatur. Eu era muito jovem, então tinha a necessidade de ver muito mais do que meu destino final.

Por fim, Otis Tester comeu a torta de macarrão, como se a contação de história tivesse aguçado seu apetite. Ele comeu uma porção, mastigou com cuidado, mas depois de engolir a primeira, deu mais duas garfadas.

— Como eu disse, eles me tiraram do trem em Decatur. E foi quando eu descobri que precisava usar minha cabeça. — Agora, ele arriscou a bebida. O suco de maracujá claramente o agradou. Ele bebericou devagar, em seguida deixou o copo de lado. — Tive que usar isso aqui.

Otis Tester desabotoou os dois botões da camisa bem ali na sala de jantar. Tommy ficou tenso, sentindo-se como um menino de cinco anos cujo pai estava prestes a envergonhá-lo em público. Mas antes que pudesse repreender o pai, ou estender a mão e tentar cobrir a pele exposta de Otis, o velho puxou uma coisa do pescoço. Pendia ali, de um cordão rústico. Ele o tirou e envolveu com a mão calosa enquanto voltava a abotoar a camisa de novo. Tommy inclinou-se para frente para ver o que o pai segurava. Otis estendeu a mão e a abriu.

Uma navalha jazia na palma de sua mão.

— Carreguei isso comigo o tempo todo que viajei de trem — disse Otis. — Nenhum branco, preto ou índio ia se engraçar comigo.

Ele bateu uma ponta da navalha na mesa, alto.

— Em Decatur, fiz algumas pessoas entenderem isso — disse Otis.

Tommy olhava da navalha para o pai. Durante toda a vida ele soube que o pai e a mãe eram os pilares que seguravam o teto do mundo de Tommy de forma sólida e impassível. Gente confiável, solidária, mas não especialmente notável. Pensar em Otis agora, de repente, como um adolescente que se defendeu com aquela arma... aquele passado abria mais um mundo, uma nova dimensão, que Tommy tinha acabado de conhecer. De novo, a pinçada, a dor de uma revelação dessas.

Tommy Tester pegou a navalha da mão do pai. Quando o fez, percebeu que os dedos grossos do homem tremiam.

— Você é adulto e não posso te impedir de fazer suas coisas — continuou Otis. — Eu nem ia querer fazer uma coisa dessas. Mas você não vai até a casa desse branco desarmado ou alheio. Se qualquer coisa der errado, você sai de lá e volta para mim.

Tommy Tester assentiu com a cabeça, mas não disse palavra. Simplesmente não conseguia.

— Não me importo se vai ter que derramar sangue para isso, mas vai sair daquela casa no fim do serviço e voltar para mim.

Otis quis soar sério, determinado, exigente, mas Tommy percebeu que nunca tinha visto seu pai tão assustado assim antes.

— Você me ouviu? — perguntou Otis.

— Sim, senhor — finalmente Tommy respondeu.

Comeram em silêncio e, quando a comida acabou, foram embora da Sociedade Victoria. Desceram um lance de escadas e voltaram ao Harlem. Em três noites, Tommy visitaria a mansão de Robert Suydam. Entendia a jornada agora como uma viagem a outro universo. Não era surpresa que o pai sentisse medo; o filho estava prestes a ir bem longe.

— Por que trouxe essa navalha com o senhor? — perguntou Tommy. — Nunca soube que o senhor tinha isso.

— Você me disse que estava me trazendo para essa maldita Sociedade Victoria — disse Otis, quase rindo. — Pensei que ia precisar dela afiada se esses caribenhos ficassem loucos. Mas acho que você e eu somos os pretos mais perigosos do lugar!

Tommy tomou o braço do pai para ajudar o velhinho a andar. A outra mão estava no bolso das calças, segurando a arma.

— Se vai tocar nessa festa — disse Otis Tester enquanto caminhavam com desajeito para casa —, tem mais uma música que precisa aprender. É velha, mas tem uma coisa nela. Sabe o que estou tentando dizer? A navalha é só um jeito que quero armar você. Essa canção é outra. Sua mãe me ensinou. Canto de conjuração. Vamos praticar nos próximos três dias até você aprender.

— Certo, pai — disse Tommy Tester.

Tarde da noite no Harlem em uma sexta-feira, e as ruas mais cheias que na hora de pico. Tommy Tester alegrou-se com a proximidade de seu pai e de todos aqueles corpos nas calçadas, nos carros, dentro dos ônibus, encarapitados nos alpendres. O tráfego e as vozes humanas mesclavam-se ao zumbido tremendo que parecia estimular Tommy e Otis, uma canção que os acompanhava – e os levava – até em casa.

4

Três dias se passaram, aquela era a terceira noite, e Tommy Tester saiu da segurança do Harlem. Fez o mesmo trajeto até Flatbush que fizera quando conheceu Robert Suydam, mas agora a jornada parecia mais ameaçadora, porque o sol estava se pondo. Se ele havia se destacado entre os passageiros do trem no início da manhã, naquele momento era como se estivesse carregando uma estrela em uma das mãos em vez do violão. Homens brancos perguntaram aonde exatamente ele estava indo quatro vezes. E não eram ofertas de ajuda para chegar até o local. Se não tivesse a localização precisa – a mansão de Robert Suydam, na Martense Street –, acreditava que teria sido jogado para fora do trem. Ou embaixo dele.

Quando chegou à estação, foi seguido por três jovens que falavam alto. A conversa barulhenta preocupou Tommy.

Ele se esforçou bastante para não a ouvir, porque sabia que estavam tentando assustá-lo. Se gritasse com eles, viraria briga, aquele seria o fim da noite, não ganharia dinheiro, apenas uma viagem até a cadeia. As ruas de Flatbush estavam ficando menos cheias, mais residenciais, e os jovens apressaram o passo. Tommy usava a navalha do pai ao redor do pescoço como um amuleto, mas mesmo ela não ajudaria contra três homens.

Quando Tommy chegou ao bosque que cercava a casa de Suydam, os três jovens estavam tão próximos que Tommy sentia seu bafo no cangote. Um deles caminhava tão perto que os dedos do pé chutavam repetidamente o fundo do estojo de violão de Tommy. Ele via a mansão agora, com seus dois andares e a luz fraca que brilhava dentro do bosque. Se estivesse sozinho, teria achado aquela visão assustadora, mas por causa de sua escolta, Tommy correu naquela direção. Cruzou a propriedade de Robert Suydam; se chegasse até a porta, talvez o deixassem entrar antes que os garotos brancos o golpeassem. Só percebeu que estava correndo quando se viu sem fôlego.

Assim que olhou para trás, os três rapazes não estavam mais no seu encalço. Ficaram na linha da cerca da propriedade. Por mais estranho que fosse, não estavam mais olhando para ele. Em vez disso, estavam olhando a casa de Suydam. Encolheram-se de pavor diante dela. Tommy finalmente viu que eram garotos mais jovens que ele. Talvez tivessem quinze ou dezesseis anos. Crianças. Examinando a casa de Suydam com medo.

O alívio percorreu o corpo de Tommy dos pés à cabeça. Ele se agachou, procurando uma pedra. Encontrou uma do tamanho de uma bola de beisebol e a sopesou na palma da mão. Deixou o violão no chão. Queria acertar o maior dos três rapazes. Ainda não tinham voltado a olhar para ele. Era como se a casa os tivesse hipnotizado. Não havia momento melhor para mirar. Desejou que a pedra arrancasse um olho deles.

Então, a porta da mansão se abriu. Mal se ouviu um rangido por trás de Tommy, mas foi suficiente para fazer os três rapazes terem um sobressalto. Saíram em disparada, como gatinhos, esquivando-se e miando. De trás de Tommy veio um grunhido quando alguém saiu pela porta da frente e pisou nas tábuas de assoalho do grande alpendre da casa.

— Se cegar um deles, vão chamar a polícia.

Aquelas palavras não foram ditas com seriedade, mas quase com um tom divertido. Tommy Tester virou-se para ver Robert Suydam descendo os degraus, uma das mãos estendida. Tommy entregou-lhe a pedra, e Robert Suydam a sopesou como Tommy fizera. Em vez de jogá-la na terra, enfiou a pedra no bolso do casaco. Agora, olhou para Tommy com expectativa. O momento estendeu-se. Suydam esperou. Tommy levou um minuto para se lembrar da palavra que foi instruído a usar.

— Asmodeus — disse Tommy por fim, baixinho.

Robert Suydam meneou a cabeça, virou-se e subiu os degraus do alpendre. Quando entrou na mansão, deixou a porta aberta para Tommy segui-lo.

5

O MANTO DE ÁRVORES ao redor da mansão conseguia esconder bem sua idade, sua falta de firmeza, mas por dentro não havia cobertura. As tábuas do assoalho eram velhas e mal preservadas, pareciam lascadas e ressequidas. Quando Tommy entrou na casa, o corredor estava iluminado por uma única lâmpada elétrica, e ele viu que era assim em todos os três cômodos do primeiro andar, o que fazia com que as laterais de cada sala ficassem às sombras, e isso dificultou para Tommy realmente compreender as dimensões de cada espaço. Como se o interior da mansão fosse maior que seu exterior. O cheiro de idade, que vinha de um tempo indiscernível, reinava pela casa toda, um odor bolorento, como se os ventos do presente nunca houvessem soprado por ali.

Robert Suydam levou Tommy pelo longo corredor do primeiro andar, e Tommy agarrou a alça do estojo de violão como se fosse a linha que o levaria de volta até a porta da frente, pelos degraus, para fora do jardim, por Flatbush, de volta ao trem e até o Harlem, ao lado de seu pai. Enquanto caminhavam, o velho quase trotando, Tommy sentiu o estojo de violão sacudir como havia feito quando os garotos brancos o chutaram enquanto o seguiam. Aquilo trazia a suspeita de que outra pessoa – outra coisa – o seguia naquele momento. Por duas vezes o estojo quase voou de sua mão, mas Tommy não conseguia se virar para olhar a escuridão do longo corredor. Em vez disso, apenas apertou o passo.

Suydam abriu um par de portas e entrou em um cômodo tão brilhante que Tommy estreitou os olhos quando o seguiu. Assim que entrou, Suydam fechou uma das portas, depois a outra. Pouco antes de fechar a segunda, ele espreitou o corredor. Tommy sentiu nitidamente que havia outra presença vindo atrás dele. Em seguida, Suydam realmente falou – uma única palavra murmurada, um comando? – antes de fechar a porta e trancá-la.

Somente então Tommy pôde se virar e observar aquele cômodo de pé-direito alto. Era do tamanho do apartamento inteiro que Tommy dividia com Otis. Talvez fosse maior. Tinha três paredes enormes com estantes embutidas, cada uma cheia de livros. Além dos livros nas estantes, havia outros espalhados no chão, torres de tomos empilhados que chegavam aos ombros de Tommy.

— Li todos eles — comentou Suydam. — E ainda assim há tanto que preciso aprender.

Tommy pôs o estojo do violão em pé ao lado como uma carabina.

— Eu diria que o senhor merece um descanso.

Suydam balançou a cabeça de leve.

— Se houvesse tempo para descansar.

Suydam foi até o fim da sala, na direção das janelas altas que cobriam uma parede. Uma única grande poltrona estava ao lado do peitoril. Suydam sentou-se nela. Seus pés ficaram pendurados, sem tocar o chão. Uma visão estranha, porque não era um homem baixo. A poltrona também não parecia grande demais. Os sapatos do homem balançavam a uns dez centímetros das tábuas do assoalho, e Tommy os observava, confuso pela incongruência. Então, como se Suydam tivesse percebido o interesse de Tommy, os pés tocaram o chão. Mas Suydam não moveu o restante do corpo. Em vez disso, foi como se o velho tivesse, por algum poder, feito as pernas *crescerem* pela sua vontade. Foi visualmente tão estranho que Tommy se sentiu nauseado. Desviou os olhos, voltou a olhar e, sem dúvida, os pés de Suydam estavam plantados no chão. O velho acenou com a mão para chamar a atenção de Tommy.

— Não vai tocar agora? — perguntou ele. Havia um nervosismo em seu tom, como se tentasse fazer a mente de Tommy prestar atenção em outra coisa que não na estranheza, na mudança de forma que o rapaz jurava ter visto.

Tommy olhou ao redor da biblioteca. Os únicos convidados pareciam ser os livros.

— A festa é amanhã à noite — comentou Suydam. — Mas quis encontrar você hoje primeiro. Não achou que eu pagaria aquele tanto de dinheiro para você tocar apenas uma noite, achou?

— Não, senhor — disse Tommy. — Como o senhor quiser. — Ele abriu o estojo do violão e tirou o instrumento.

Na verdade, ele esperava receber para tocar por uma noite, porque foi exatamente o que o homem havia prometido três dias antes. Mas a realidade de um homem rico é recriada a seu bel-prazer.

Suydam enfiou a mão no bolso do casaco e revelou uma carteira de dinheiro tão gorda que abafou todo o orgulho de Tommy Tester. Suydam deixou-a no peitoril da janela, em seguida sorriu para Tommy. Tommy dedilhou o violão e tocou conforme esperado. O velho encarava as janelas.

Felizmente, o homem queria falar mais do que queria que Tommy tocasse. Afinal, Tommy tinha apenas quatro canções em seu repertório, incluindo aquela que seu pai lhe ensinara pouco tempo antes. Depois de tocar por quase trinta minutos, os dedos e ombros, a lombar de Tommy, tudo doía horrivelmente. Ele diminuiu o ritmo, dedilhou de leve, até ficar apenas cantarolando na antiga e cavernosa biblioteca. Por fim, Suydam – que não havia tirado os olhos das grandes janelas – pigarreou e falou.

— E eu acredito que um saber fatídico ainda não está morto — disse ele.

Suydam não estava falando com Tommy, apenas recitando algo que havia lembrado. Mas Tommy, levemente perturbado pela estranheza daquelas palavras, ainda assim respondeu.

— Perdão, senhor? — perguntou ele e, no mesmo instante, se arrependeu.

Robert Suydam virou as costas para as janelas com irritação e encarou Tommy como se tivesse flagrado uma invasão em sua casa. Normalmente, quando um homem branco olhava Tommy daquele jeito, ele tinha uma série de defesas úteis. Olhar para baixo, como se humilhado, com frequência funcionava; um sorriso também, às vezes. Tommy tentou este último.

— Ora, por que você está rindo? — questionou Suydam.

Uma terceira opção, considerada em uma situação de pânico, era pegar a navalha de seu pai e cortar a garganta do velho, pegar o dinheiro e fugir. Mas naquele momento, já depois das onze da noite, Tommy não conseguia se imaginar indo até a estação de trem. Um preto caminhando por aquela vizinhança branca quase perto da meia-noite? Seria como Satanás caminhando pelo Paraíso. E se o encontrassem com aquele bolo de dinheiro, bem, teria sorte se a polícia fosse chamada. Talvez apenas o espancassem, depois o levassem à cadeia. Muito pior seria se ele fosse flagrado por uma turba. Então, nada de navalha. Ele estava, em princípio, preso ali até de manhã.

— Te fiz uma pergunta — disse Suydam. — E quando eu falo, espero uma resposta.

Como não restavam mais subterfúgios, Tommy Tester ergueu a cabeça e devolveu o olhar de Suydam. Talvez fosse hora de tentar a sinceridade.

— Estou confuso — disse ele.

— Claro que está — falou Suydam. — O véu da ignorância tem sido posto sobre seu rosto desde o nascimento. Devo retirá-lo?

Tommy apertou os lábios, tentando decidir pela melhor resposta. Até então a sinceridade havia funcionado. Ao menos o velho não o encarava com raiva.

— O dinheiro é seu — respondeu Tommy.

Robert Suydam bateu uma palma.

— Sabe por que contratei você? Por que fui atraído até você três dias atrás? Eu consegui *enxergar* você. E não estou falando dessa farsa. — Suydam estendeu a mão e apontou as botas gastas de propósito, o terno puído e o violão. — Vi que você compreende a ilusão. E que você, do seu jeito, estava lançando um feitiço poderoso. Eu o admirei. Senti uma ligação com você, acho. Porque eu, também, entendo a ilusão.

Suydam ergueu-se da poltrona e encarou a parede de janelas altas. O velho bateu de leve em um dos vidros. Por causa de todas as luzes dentro da biblioteca, era impossível ver a noite lá fora. As janelas tinham se transformado em uma espécie de tela que refletia Tommy, Suydam e a extensa biblioteca. Suydam acenou para Tommy se aproximar e, enquanto caminhava, Tommy pensou ter visto movimentos atrás dele. A imagem refletida das portas duplas da biblioteca curvou-se duas vezes, como se alguém estivesse no corredor, tentando empurrá-la até abrir. Tommy virou-se rapidamente, mas as portas não estavam se movendo agora. Tommy ainda não conseguia se virar de volta a Suydam.

— Seu povo — começou a falar Robert Suydam. — Seu povo é forçado a viver nos labirintos de uma sordidez híbrida. É tudo som e corrupção e putrescência espiritual.

Foram aquelas palavras que conseguiram tirar a atenção de Tommy Tester da porta.

Ele se virou para Robert Suydam, esperando encontrar o homem com olhar de desprezo, mas ele estava com uma das mãos sobre a barriga, batendo nela suavemente. Ele ergueu os olhos à direita, como um homem que tentava se lembrar de um discurso.

— Os policiais perderam a esperança de ter ordem ou melhorias e buscam, em vez disso, erguer barreiras que protejam o mundo lá fora do contágio — continuou ele.

Tommy segurou o braço do violão com força.

— O senhor está falando do Harlem?

O encanto quebrou-se.

— Quê? — perguntou Suydam. — Ah, maldito! Por que interrompeu?

— Estou tentando entender de que lugar desgraçado o senhor está falando. Não parece com nenhum lugar onde eu já vivi.

Nada de aplausos para a sinceridade dessa vez.

— Cuidado com seu tom — retrucou Suydam. Ele cobriu o dinheiro com uma das mãos. — Você não recebeu ainda.

Esse filho da puta, pensou Tommy Tester e deu um passo para mais perto do velho.

Mesmo Robert Suydam, com toda a sua autoridade, sentiu uma mudança na sala. Por um momento pareceu um homem que havia percebido que um meteorito estava prestes a se chocar com seu planeta. Ergueu a mão aberta em um gesto de paz.

— Amanhã à noite você vai tocar na minha festa — disse Suydam. — E os convidados serão homens como você. Negros do Harlem, sírios e espanhóis de Red Hook, chineses e italianos de Five Points, todos estarão aqui a meu convite. Todos ouvirão o que agora estou dizendo a você.

O temperamento de Tommy resfriou-se com a curiosidade. A casa de um homem branco lotada de pretos e sírios e de todo o resto. Suydam talvez fosse o trabalho mais estranho com o qual havia deparado até agora.

— Então, por que estou tendo essa prévia? — perguntou Tommy.

— Preciso praticar minhas palavras — respondeu Suydam. — Para ver como elas afetam um homem do tipo adequado. Também admito que você foi conveniente — disse Suydam. — Precisava que aqueles policiais me dessem um pouco de espaço. O tempo que passaram com você foi suficiente para eu escapar. Agradeço por isso.

— O senhor sabia que estava sendo seguido?

— Minha família tem dúvidas sobre minha sanidade… é o que dizem. Mais provavelmente tem dúvidas sobre meu testamento e para quem, exatamente, deixarei esta casa e tudo que há nela. Qual deles vai herdar a terra na qual isso tudo está. Mas eles não veem desse jeito. Ninguém jamais se vê como vilão, não é? Mesmo os monstros têm a si próprios em alta conta.

"Minha família tem certeza de que estou em perigo. Fizeram a polícia acreditar nisso também. Contrataram aquele detetive particular também, o brutamontes. Seu nome é senhor Howard. O senhor Howard e o detetive Malone estão coletando provas sobre minha inferioridade mental. Para o meu próprio bem, claro!"

Tommy deu uma risada.

— Falar com um preto na rua não vai ajudar a parecer são.

Suydam tirou a mão do dinheiro e virou-se totalmente na direção da janela. Recostou-se com as duas mãos no peitoril.

— Sei que sou bem-nascido. Digo, o dinheiro antigo da minha família, e sua postura na história, deveriam me oferecer todo o conforto de que preciso. Mas o conforto pode ser uma jaula, sabe. Certamente pode atrofiar a mente. O tempo gasto com minha família, com meus antigos amigos endinheirados, começou a assemelhar-se a um banho em mingau, como se eu me afogasse em papinha de criança.

"Então, procurei outros, totalmente diferentes de mim, e quando falaram da sabedoria secreta, eu ouvi. O que homens como eu ignorariam como superstição ou, pior, como maldade pura, eu aprendi a adorar. Quanto mais eu lia, quanto mais ouvia, mais certo ficava de que uma apresentação grande e secreta estava se passando em toda a minha vida, em toda a nossa vida, mas a massa que nós somos era ignorante demais, ou assustadiça demais para olhar adiante e assistir. Porque assistir seria o mesmo que compreender que a peça não está sendo representada para nós. Saber que simplesmente não valemos de nada para os atores."

Nesse momento, ele tocou a janela, batendo de leve nela, e o reflexo pareceu – por um instante – ondular, como se estivessem encarando uma poça d'água e não vidros.

— Há um Rei que dorme no fundo do oceano.

Quando Suydam disse aquilo – contra todas as possibilidades – os vidros da janela assumiram a cor e, aparentemente, a profundidade do mar. Era como se Tommy Tester e Robert Suydam, em pé naquela sala, naquela mansão, naquela cidade, também estivessem espreitando águas distantes em outro lugar do globo. O violão caiu da mão de Tommy quando a imagem apareceu. O baque surdo produzido, a nota amarga que tocou uma vez, mal foram registrados.

Uma corrente fria pareceu entrar não apenas na sala, mas também nos ossos de Tommy.

Suydam disse:

— O retorno do Rei Adormecido significaria o fim da calamidade de seu povo. O fim de toda a desgraça e imundice de um bilhão de vidas. Quando ele despertar, vai desaparecer com todas as tolices da humanidade. E é apenas um entre muitos. São os Grandes Anciões. Seus passos farão montanhas tombarem. Um olhar fará dez milhões de corpos tombarem, mortos. Mas imagine a fortuna daqueles de nós que tiverem permissão para sobreviver? A recompensa para aqueles de nós que ajudarem o Rei Adormecido a despertar?

Suydam bateu de novo no vidro e o oceano – realmente Tommy estava vendo um mar vasto e distante nas janelas – rodopiou, elevou-se e, de suas profundas, uma forma, gigantesca demais para ser real, moveu-se. A garganta de Tommy apertou-se. Não queria ver aquilo. Pensou que poderia estilhaçar a parede de janelas com as próprias mãos se aquela coisa nas profundezas do mar ficasse visível, nítida.

Mas então a imagem mudou, a perspectiva se ergueu, deixando o mar bem lá embaixo. Deixaram os continentes para trás. Era possível? Saíram do mundo. Elevaram-se pelo céu noturno. Realmente parecia que os dois homens em uma casa de Flatbush estavam pairando no espaço distante. Tommy Tester agarrou-se ao caixilho da janela para se equilibrar.

— Daqui talvez você entenda — falou Robert Suydam em voz baixa.

Mas Tommy não entendia, apenas queria estar em casa, desesperadamente. Soltou o caixilho, virou-se, pegou seu violão e correu pela biblioteca, na direção das portas trancadas da biblioteca. Robert Suydam gritou com ele. Palavras indecifráveis. Tommy trombou em uma pilha de livros no chão, fazendo-os voar. Queria estar em casa com seu pai a qualquer custo. Se encarasse aquela janela por mais um segundo, algo terrível aconteceria com sua alma. Por mais que confiasse muito em seus esquemas, compreendeu que Robert Suydam estava jogando com uma força mais potente. Estendeu a mão para a porta dupla da biblioteca e as abriu.

E Malone, o oficial de polícia, estava em pé no corredor. Malone e seu revólver apontado para frente.

— Quê? — perguntou Tommy. — Quê?

Tommy agarrou a maçaneta. Na outra mão, segurava o violão. Esperou pela morte assim que Malone apertasse o gatilho. Era ele quem estava lá atrás quando havia entrado na casa de Suydam? Era Malone que estava chutando seu violão?

Por outro lado, Tommy percebeu algo de estranho em Malone, ou ao redor de Malone. Enquanto Tommy estava na biblioteca da casa de Robert Suydam, Malone estava no que parecia o saguão de um prédio de apartamentos e, com muita certeza, não no corredor da mansão de Robert Suydam. Que diabos estava acontecendo? Era como se os dois locais – a mansão e o saguão do edifício – tivessem sido costurados por um alfaiate descuidado, Tommy Tester e o detetive Malone encarando-se por conta de uma junção ruim no tecido da realidade. E, na verdade, os dois homens pareciam assombrados. Em um momento, Robert Suydam – sem fôlego – estendeu a mão para as portas da biblioteca e as fechou de uma vez. Em seguida, deu um tapa no rosto de Tommy Tester.

— O que você viu? — gritou Suydam. — Me diga!

— Não entendo — disse Tommy em voz baixa.

— Era Ele? — berrou Suydam. Ele enfiou a mão no bolso do casaco, tirou a pedra que havia tirado de Tommy. Ergueu-a com a intenção de rachar o crânio de Tommy Tester. — O Rei viu você?

— O policial — disse Tommy, quase sem fôlego. — O magrelo.

Suydam segurou a pedra no alto por mais dois segundos.

— Malone? — Em seguida, abaixou a pedra. — Apenas Malone — disse ele em voz baixa a si mesmo.

— Não entendo aonde fui parar — insistiu Tommy.

Suydam respirou fundo, engolindo em seco.

— Não podemos sair desta sala ainda — explicou ele. — Não até de manhã.

Se Tommy parecia perplexo era porque *estava* perplexo.

— Se tentássemos abrir aquela porta de novo, os resultados seriam ainda mais estranhos do que o que você acabou de ver. E potencialmente mais perigosos.

Tommy olhou de novo para as portas. Sua testa ficou gelada.

— Malone estava em pé no corredor, mas não era seu corredor lá fora.

— Eu acredito em você — disse Suydam. — Mas acredite em mim, poderia ter sido pior. Você poderia ter aberto aquela porta e encontrado...

Suydam pôs-se entre Tommy e as portas e ficou lá pelo resto da noite.

6

CHARLES THOMAS TESTER saiu da casa de Robert Suydam às sete horas da manhã seguinte. Quando o sol nasceu, puderam espreitar pelas janelas e ver as ruas de Flatbush de novo, quando Suydam disse que era seguro abrir as portas da biblioteca. Antes disso, durante toda a noite, Suydam explicou, sua casa estivera no *Exterior*. O termo, a ideia, parecia um lugar-comum para o velho, mas Tester teve dificuldades terríveis para compreender. A mansão estava no Exterior? Mas claro que estava. Onde mais uma mansão poderia estar? No entanto, não era o que o velho queria dizer. Finalmente, Suydam descreveu dessa forma:

— Imagine um pedaço de esparadrapo com cola adesiva de um lado. Então, uma pequena bola de tecido cai no meio desse esparadrapo. Minha biblioteca é essa bolinha de tecido que chamamos de tempo e espaço *normais*. Ela está afixada em um local, um plano. Imagine, por outro lado, você fechando o punho até amassar a fita adesiva. Aquela bola de tecido agora toca não apenas uma, mas muitas superfícies. Dessa forma, minha biblioteca viaja além das percepções humanas, das limitações humanas de espaço, e até de tempo. Essas são restrições sem sentido em uma escala cósmica. Nesta noite viajamos bem longe, embora parecêssemos estar o tempo todo em Flatbush. Não estávamos. Estávamos no Exterior, povoado por sombras.

"Um dos lugares aos quais viajamos foi o limiar do Rei Adormecido. Seu local de descanso no fundo do mar. Ficamos tão próximos que, com um pouco de esforço, poderíamos até ter estendido a mão e tocado seu rosto, visto seus grandes olhos. Mas, na noite passada, não era o momento adequado. Não muito. Quando você correu até as portas da biblioteca e as abriu, temi que meus anos de planejamento tivessem ido por água abaixo por causa de um preto em pânico! Mas tivemos um pouco de sorte. Tudo que você viu foi o cadavérico detetive Malone."

Houve muito mais dessas explicações. Por horas. Suydam recitando nomes, ou melhor, entidades, de forma tão tranquila quanto os pastores que recheavam certas esquinas do Harlem. Mas Tommy se concentrou na ideia do fiapo da bolinha de tecido perdida dentro do esparadrapo amassado. Essa imagem concreta facilitava compreender o impossível. Não tinha visto o oceano pelas janelas? Não tinha testemunhado o planeta do ponto de vista das estrelas? Não tinha visto Malone do outro lado das portas duplas, parecendo desesperado e confuso?

Durante toda a noite, Robert Suydam voltou ao Rei Adormecido. Como o planeta gira em torno do sol. *O Rei Adormecido*. Em algum momento, Suydam lhe deu outro nome, seu verdadeiro nome, mas Tommy Tester não conseguia lembrá-lo. Ou talvez sua mente tenha escolhido esquecer.

Quando o sol nasceu, Robert Suydam concluiu com uma pérola de sabedoria. Pegou novamente a pedra do bolso. Dessa vez, apertou a pedra na palma da mão de Tommy.

— Quanto essa pedra importava para você, para sua existência, antes de você pegá-la para usar naqueles garotos que seguiram você? Isso é quanto as briguinhas tolas da humanidade importam ao Rei Adormecido. Quando ele voltar, todas as insignificantes maldades humanas, como aquelas que afligiram seu povo, serão varridas por sua mão poderosa. Não é maravilhoso? E em que se transformarão aqueles de nós que sobrarem? Aqueles que o ajudaram. Pense nas recompensas. Sei que você é um homem que acredita nessas coisas, e é esperto o bastante para garantir que venham até você.

Então, Suydam entregou duzentos dólares e levou Tester para fora de sua casa. Tommy permaneceu no alpendre por um bom tempo depois de Robert Suydam ter fechado a porta. Uma manhã clara em Flatbush, foi o que Tommy viu, mas teve dificuldades para descer os degraus e andar pelo caminho ladeado por árvores até a calçada. Ficou esperando que, assim que pusesse um pé fora do alpendre, cairia direto no oceano, onde o Rei Adormecido aguardava. E por que não poderia acontecer? Foi o que o paralisou. Se todo o resto poderia ser verdade, então por que isso não poderia?

Por fim, a sensação das notas enroladas nas mãos o devolveu ao alpendre. Olhou para o dinheiro e disse a si mesmo que bastava. Duzentos dólares sustentariam Tommy e Otis por quase meio ano. Retornaria ao Harlem agora para nunca mais voltar ali. Robert Suydam nunca o encontraria, pois ele nunca dissera ao velho onde morava. Fosse o que fosse que Suydam planejasse significava menos que nada para ele. Que o velho ficasse com sua magia. Otis e Tommy passariam a noite na Sociedade Victoria, conversando e comendo bem. Ele voltaria ao seu pai, conforme prometido. Já bastava. Tommy apertou as notas mais uma vez, em seguida jogou o rolinho no buraco do violão. Caiu com um baque gratificante. Ele devolveu o violão para o estojo e enfiou uma das mãos no bolso do casaco. A pedra que Suydam tinha lhe devolvido estava lá dentro. Em vez de jogar a pedra de volta na terra, Tommy levou-a consigo. No fim das contas, ele gastaria o dinheiro, mas a pedra serviria como uma lembrança da noite em que esteve no Exterior.

No trem de volta ao Harlem, Tommy não percebeu ninguém mais e, se eles o notaram, ele nem atentou. O condutor não veio de conversinha dessa vez. Talvez Tester estivesse estranho. Um preto em roupas puídas com um violão aos pés e a atenção concentrada em uma pedra nas mãos. Deve ter parecido débil mental, por isso inofensivo e, assim, invisível.

7

Harlem. Apenas uma noite longe dele, mas sentiu falta da companhia. Os corpos próximos dele na rua, garotos correndo entre os carros no trânsito antes de os semáforos virarem, a caminho da escola e desafiando-se a serem ousados. Quando desceu as escadas da estação, sorriu pela primeira vez desde que havia saído da mansão de Suydam.

Tommy caminhou na direção de casa, mas percebeu que estava tão faminto que parou primeiro para comer em um balcão na 141th Street. O momento mais estranho aconteceu quando teve que pagar e precisou enfiar a mão no buraco do violão para pegar as notas. A mulher do balcão olhava sem interesse até o rolo de notas aparecer, tão grosso quanto o meio de uma píton birmanesa. Tommy gostou do jeito que ela lhe olhou depois de ter pago daquele bolo de dinheiro, melhor ainda quando deixou um dólar inteiro de gorjeta. Robert Suydam podia realmente fazer um homem como Tommy parecer um príncipe em seu novo mundo? Aquilo não seria muito incrível? Quando saiu da loja, já havia mudado de ideia quanto a voltar à casa de Suydam. O velho tinha razão. Tommy Tester gostava de uma boa recompensa.

Às dez da manhã, ele se aproximou de seu quarteirão, a luz do sol beijando cada rosto e fachada. As ruas não estavam tão tranquilas. Não havia percebido o tráfego quando saiu daquele balcão, mas agora o fluxo estava mesmo congestionado. As ruas ficavam cada vez mais cheias à medida que ele se aproximava da 144. Seu quarteirão parecia realmente submerso. Três viaturas policiais – Ford Modelo T Tudor Sedãs – estavam estacionadas no meio do quarteirão, uma caminhonete dos serviços de emergência da polícia muito maior atrás deles.

Tester avançou lentamente. As calçadas tão cheias de espectadores que as pessoas enchiam cada varanda também. A única vez que tinha visto o Harlem tão apinhado foi quando o 369º Regimento marchou por Manhattan em 1919, depois de voltar da guerra.

No meio do quarteirão, a polícia havia erguido uma barricada. Policiais estavam em pares, mantendo todos os curiosos para trás. Nesse momento, Tommy viu que estavam bloqueando a entrada de todos em um prédio específico. Seu prédio. Tommy foi até a ponta da multidão, bem diante das barricadas, e esperou.

Malone apareceu na entrada do prédio. O sr. Howard ao seu lado. Desceram os degraus no mesmo ritmo, com o mesmo passo, e por um momento o sr. Howard se tornou a sombra do detetive Malone. Mais dois policiais, de uniforme, saíram segundos depois e cumprimentaram os dois homens com apertos de mão.

Em seguida, Malone olhou para frente e encontrou Tommy no mesmo instante, como se fosse sensível ao cheiro de Tester. Apontou, e os dois patrulheiros correram até a barricada. O primeiro agarrou o pescoço de Tester, como o sr. Howard tinha feito quando se encontraram pela primeira vez no Brooklyn, e o outro patrulheiro agarrou outro preto que parecia estar por perto. Levaram os dois homens ao redor da barricada até Malone.

— Esse aí não — disse Malone apontando para o segundo homem.

O patrulheiro pareceu levemente envergonhado, mas aproveitou para revistar rotineiramente os bolsos do outro preto. Como não descobriu nada ilegal, empurrou o homem de volta à multidão. Entre os dois não se trocou palavra. Quando o homem chegou de novo à multidão, simplesmente se virou, como os outros, para observar o que fariam com Charles Thomas Tester.

— Seu pai está morto — disse Malone.

Aquilo não foi relatado com prazer, tampouco com compaixão. De certa forma, Tester achou melhor assim. Sem fingir preocupação. *Seu pai está morto*. Por fora, Tester recebeu a notícia com grande calma. Por dentro, sentiu o Sol aproximar-se da Terra; chegou perto o bastante para derreter a maioria dos órgãos internos de Tommy. Um fogo correu por seu corpo, mas ele não conseguia mostrá-lo. Não conseguia abrir a boca para perguntar o que acontecera com

Otis, porque havia esquecido que tinha uma boca. Ficou lá, tão vazio quanto uma pedra.

— Se você me dissesse que meu pai está morto, eu lhe daria um soco — disse o sr. Howard. — Mas esse povo realmente não tem as mesmas relações que temos uns com os outros. Foi cientificamente provado. São como formigas ou abelhas. — O sr. Howard acenou uma mão para o prédio ao lado deles. — Por isso conseguem viver desse jeito.

Tommy sentiu o peso da pedra no bolso. *Seu pai está morto*. Ele só precisava pegá-la, tirá-la rapidamente e espalhar o cérebro desse branco na rua. *Seu pai está morto*. A certeza de seus próprios momentos de morte na sequência não lhe causava medo. *Seu pai está morto*. Ele teria feito isso naquele instante, mas simplesmente não conseguia se mover.

O sr. Howard observou Tommy por um momento maior, mas como não houve reação, falou em um tom direto, como se estivesse falando com um júri.

— Eu me aproximei da casa mais ou menos às sete desta manhã — começou o sr. Howard. — Depois de encontrar o apartamento 53, bati várias vezes. Como não recebi resposta, verifiquei a porta, e ela estava destrancada. Entrei no apartamento, verificando cada cômodo, até que cheguei ao quarto dos fundos. Naquele quarto, um preto do sexo masculino foi descoberto apontando uma carabina. Temendo pela minha vida, usei meu revólver.

Tester não conseguia entender como permanecia em pé. Por que não havia despencado? Por um momento ele sentiu – ao menos sentiu – sua mente deslizar para fora do crânio. Ele não estava lá. Ele estava no Exterior. Nem precisava estar na biblioteca de Suydam para fazer a viagem.

O sr. Howard apontou para o prédio.

— Por causa da orientação do apartamento, o quarto dos fundos dá para uma canal de ventilação, o que deixa o quarto na escuridão. Depois de me defender, foi descoberto que o agressor não estava portando uma carabina.

Malone, que estava observando Tester com firmeza, comentou.

— Era um violão.

O sr. Howard assentiu com a cabeça.

— No escuro, era impossível saber, claro. O detetive Malone foi chamado à cena. Ele fará o relato exatamente conforme eu expliquei.

Tester olhou de um homem para o outro. Por fim, a voz de Tester voltou para ele.

— Mas por que vocês estavam aqui, no fim das contas? — perguntou ele. — Por que vieram até a minha casa?

— O sr. Howard foi contratado para rastrear mercadorias roubadas — respondeu Malone.

— Meu pai nunca roubou nada na vida — retrucou Tester.

— Seu pai não — concordou o sr. Howard. — Mas, e quanto a você?

A carranca de Malone aliviou-se, e ele tateou os bolsos do casaco. Por fim, o detetive pegou um caderninho, um bloco de notas de policial, e folheou uma série de páginas. Símbolos arcanos e palavras indecifráveis estavam rabiscadas em cada página do caderno de Malone. Tommy duvidava que as notas de Malone tivessem alguma coisa a ver com trabalho de policial. Pensou na biblioteca de Robert Suydam, tão cheia de conhecimento esotérico. Talvez o caderno de Malone fosse um diário com o mesmo conhecimento indescritível.

Finalmente, Malone chegou a uma página quase vazia, com alguns números escritos no alto. Ele mostrou a página a Tommy, que logo soube. O endereço de Ma Att, no Queens.

— Vou lhe dizer o que eu acho — começou Malone. — Você imaginou ter descoberto uma brecha no trabalho que fez para a velha. Você seguiu a descrição exata de seu contrato. Imaginou que isso impossibilitaria Ma Att de vir atrás de você. Porque você não violou as regras. Mas estamos em 1924, senhor Tester, não na Idade Média. A feiticeira não podia pegá-lo, então contratou ajuda. Empregou o senhor Howard.

Nesse momento, o sr. Howard tateou seu casaco.

— Quando avancei para pegar a carabina de seu pai, vi que era um violão. Então, descobri a página de que eu precisava, escondida bem dentro dele.

— O senhor não entende por que escondi a página? — perguntou Tester. — Não entende o que ela pode fazer com aquele livro?

O sr. Howard riu e olhou para Malone.

— Este homem acabou de confessar um crime?

Malone balançou a cabeça.

— Deixe pra lá — disse ele.

— O senhor entende — disse Tester, olhando para o caderno de Malone. O detetive fechou o caderno e colocou-o de volta no bolso.

— Entendo que você não estava em casa quando o senhor Howard chegou — disse Malone. — Como resultado, seu pai ficou vulnerável.

— Então, é minha culpa? — questionou Tommy. — Vai colocar isso no relatório também?

O sr. Howard abriu a boca de leve, uma expressão indisfarçada de surpresa.

— Odeio esses atrevidos — disse.

Enquanto isso, Malone pareceu desconcertado.

— Quer me dizer onde você estava na noite passada? — perguntou Malone. — Ou devo adivinhar?

Charles Thomas Tester teve um vislumbre repentino, uma imagem de seu pai, meio adormecido, olhando para frente e encontrando um branco na entrada, na penumbra. O que Otis Tester pensou no momento? Houve tempo, ao menos, de imaginar sua amada esposa ou o filho que o adorava? Houve tempo para um suspiro, uma exclamação? Tempo para uma oração? Talvez fosse melhor imaginar que Otis nunca acordou. Ao menos era mais fácil para Tommy.

— Quantas vezes o senhor atirou no meu pai? — perguntou Tester.

— Senti minha vida em risco — disse o sr. Howard. — Esvaziei meu revólver. Em seguida, recarreguei e esvaziei de novo.

A língua de Tester pareceu inchada, grande demais para caber na boca, e pela primeira vez pensou que poderia chorar ou berrar. Sentiu o peso da pedra no bolso do casaco, mais pesada agora, como se o puxasse para baixo. Sua noite com Robert Suydam voltou até ele, inteira, de uma vez. O terror ofegante com o qual o velho falava do Rei Adormecido. Um medo da indiferença cósmica de repente pareceu cômico ou simplesmente ingênuo. Tester olhou de volta para Malone e o sr. Howard. Além deles, viu as forças policiais nas barricadas enquanto empurravam a multidão de pretos para trás; viu a fachada decadente do seu prédio com novos olhos; viu os carros de patrulha estacionados no meio da rua como três grande cães pretos esperando para avançar em todas aquelas ovelhas reunidas. O que era a indiferença se comparada com a maldade?

— A indiferença seria um bom alívio — disse Tommy.

8

Charles Thomas Tester viu-se desgarrado. Primeiro, Malone e o sr. Howard tiraram-no de seu prédio – ele não podia entrar no apartamento até que o legista terminasse o trabalho, e o legista nem tinha chegado. Malone e Howard levaram Tommy de volta à multidão. A multidão abriu-se ao redor dele, engoliu-o e o digeriu. Em minutos, foi expelido para o fim do quarteirão. Cercado pelos observadores, mas inegavelmente sozinho. Caminhou sem pensar, viu-se diante da Sociedade Victoria. Subiu as escadas e o porteiro, reconhecendo-o agora, deixou-o passar.

Tommy caminhou até a sala de jantar, meio cheia com uma multidão para o almoço antecipado, sentou-se a uma mesa em um canto, longe daquela em que havia jantado com Otis quatro dias antes. Tester encarou-a como se Otis de repente pudesse se sentar ali, e Malone e Howard tivessem pregado uma peça horrível. Por fim, três homens se sentaram à mesa, então Tommy desviou o olhar.

Nesse momento, Buckeye chegou. Pareceu sorte, mas na verdade o porteiro da Sociedade Victoria chamou Buckeye. Um porteiro é tão bom quanto for boa sua memória, então ele se lembrou do nome que Tester usou para entrar. Antes de Buckeye se sentar com Tester, verificou outras mesas, pegou números daqueles que queriam jogar e pagou um homem corpulento cujo número havia saído no dia anterior. Em seguida, Buckeye se sentou e comprou almoço para os dois – dessa vez feito por uma mulher da Carolina do Sul –, um prato de arroz à moda *gullah*, cozido de cabeça de peixe e bolinhos de farinha de milho. Buckeye comeu, mas Tommy nem conseguia olhar seu prato.

Buckeye não sabia o que havia acontecido com Otis, e Tommy não tinha vontade de falar disso. Ainda assim, a notícia – seu horror – parecia querer saltar da garganta, um espírito imundo que queria se fazer conhecido. Para evitar falar do assassinato do pai, falou, em vez disso, de Robert Suydam. Mesmo o detalhe mais louco parecia menos fantástico que a ideia de que naquele momento, apenas a sete quarteirões de distância, o corpo de seu pai jazia no apartamento deles, alvejado até a morte.

Embora Tommy tivesse contado tudo a Buckeye, voltava sempre a três palavras em especial: *o Rei Adormecido, o Rei Adormecido, o Rei Adormecido*. Finalmente, ele pôs comida na boca, não porque tivesse fome, mas porque não conseguia pensar em nada melhor para calar a boca. Devia estar parecendo louco.

A essa altura, Buckeye tinha parado de comer. Observava seu camarada de infância em silêncio, estreitando os olhos.

— Quando trabalhei no canal... — disse Buckeye. — Lembra que eu te disse que fiquei lá por um ano? Quando trabalhei naquele canal, tínhamos rapazes do mundo inteiro. Todos trouxemos nossas histórias conosco. Sabe como o povo é. E não importa o quanto trabalhem duro, sempre encontram tempo para contar suas histórias.

"Bem, tínhamos alguns rapazes de longe, de Fiji e Rarotonga. Taiti também. Não conseguia entender os rapazes do Taiti. Eles falavam aquele francês. Mas os de Fiji, dois irmãos, juro que eles disseram o que você estava dizendo. *O Rei Adormecido*. É. Eles, os rapazes de Fiji, disseram isso mais de uma vez. Mas tinham outro nome para ele também. Não consigo lembrar agora. Não era difícil de pronunciar se eu tentasse. 'O Rei Adormecido está morto, mas sonhando.' É o que diziam. Agora, que diabo, o que isso significa? Não eram minhas histórias favoritas. Eu mantinha distância desses rapazes. Não está planejando ir até Fiji, está?"

Buckeye gargalhou, mas foi forçado. Como o amigo do Harlem poderia vir com a mesma história de dois irmãos de Fiji? Especialmente quando os dois morreram durante a construção do Canal do Panamá? Como podia ser?

Tommy, se estivesse ouvindo, talvez tivesse gargalhado junto, mas ele se levantou, pegou seu violão e saiu correndo da sala de jantar. Simples assim. O estojo derrubou a comida de duas mesas diferentes, e os homens xingaram Tommy pelas costas enquanto ele fugia da Sociedade Victoria. Tommy seguiu para o trem elevado que o levaria do Harlem até Flatbush. Horas antes ele havia considerado nunca mais voltar à mansão de Robert Suydam, mas agora, aonde mais ele poderia ir?

A festa começaria apenas em oito horas, então Tester pagou a tarifa do trem e esperou na plataforma da estação. Fiji devia ser longe para diabo do Harlem. Sabia que era uma ilha em algum mar distante. A história de Buckeye serviu como a última corroboração. O Rei Adormecido era real. *Morto, mas sonhando.* Tirou o violão do estojo porque precisava fazer algo para distrair a mente. Praticou a música que o pai lhe ensinara quatro dias antes. Quatro dias antes seu pai estava vivo para lhe ensinar uma canção! Aquela que Irene ensinou a Otis, e Otis passou para ele. Música de conjuração, Otis a chamou. Quando começou, sentiu que o pai e a mãe estavam muito mais próximos dele, bem ali, com ele, tão reais quanto as cordas de seu violão. Pela primeira vez na vida de Tommy, ele não tocou por dinheiro, não tocou para poder armar um trambique. Foi a primeira vez na vida que tocou bem.

— "Não ligue se o povo rir da sua cara" — cantou Tommy. — "Não ligue se o povo rir da sua cara."

Poucos na plataforma lhe deram atenção; outro tocador de violão no Harlem, tão comum quanto as luzes de arco voltaico nas calçadas.

— "Eu disse guarde essa verdade: um bom amigo é raridade. Não ligue se o povo rir da sua cara."

Até o fim do dia, Tommy tocou na plataforma. Seus dedos não se cansaram, a voz não vacilou. No início da noite, embarcou no trem para Flatbush. Ou estava cantarolando para si o caminho inteiro ou o ar estava zumbindo ao seu redor.

9

— Algumas pessoas sabem de coisas sobre o universo que ninguém deveria saber, e podem fazer coisas que ninguém deveria ser capaz de fazer.

Robert Suydam disse essas palavras às dez e meia da noite. A festa estava acontecendo havia horas, mas Suydam ainda precisava chamar a atenção do grupo. Em vez disso, recebeu Tester mais cedo e então, uma hora depois, os convidados chegaram, homens e mulheres e alguns indefinidos, um grupo mais variado do que Suydam prometera. A festa aconteceu na biblioteca. Todos os seus livros haviam sido tirados do chão. Em seu lugar, estavam as mesas de banquete, cadeiras de espaldar alto, carrinhos de serviço com garrafas de cristal lapidado contendo bebidas – nada de beber escondido – e taças combinando. A sala vibrava com os diferentes idiomas. Inglês e espanhol, francês e árabe, chinês e hindi, egípcio e grego, patuá e pidgin. Mas a única música vinha do violão de Tester. Suydam pôs Tommy ao lado da parede de janelas altas. Ele tocou em pé, ao lado da grande poltrona. Cantou para si e evitou o olhar dos outros convidados. Tester sabia como reconhecer uma sala cheia de gente bruta. Aquele bando qualificava-se. Suydam havia frequentado zonas portuárias e becos escuros para encontrar aquele grupo de degoladores. O tipo de lugar que Tommy imaginava que a Sociedade Victoria seria era o que aqueles criminosos chamavam de lar, doce lar.

Tester tocou, tocou. Era a mesma música que estava cantando desde aquela manhã. Ele a complicava e rearranjava, cantava as palavras por um tempo, depois cantarolava por outro, e voltava com as palavras.

— "Você sabe que vão rir da sua cara" — cantava Tester suavemente. — "Vão te sacanear do começo ao fim. Mentir para você tintim por tintim. Assim que virar as costas, vão te esmagar sim."

Sua música foi interrompida apenas uma vez. Robert Suydam aproximou-se e ergueu a mão para parar o dedilhar de Tester. Ele se inclinou até sua boca ficar a poucos centímetros da orelha do tocador de violão.

— Então, você está comigo? — perguntou Suydam. — Quero perguntar isso a você antes de falar com eles. Se sou César, você é Otávio.

Tester falou, mas havia forçado a voz com toda a cantoria, e as palavras saíram em um sussurro rouco.

— Até o fim deste mundo — disse Tester. — Estou com o senhor.

Robert Suydam recuou e olhou solenemente para o rosto de Tester. O negro não conseguia dizer que expressões seu rosto mantinha. Tinha dito a coisa certa? Falou a verdade, aquilo bastaria. Por fim, Robert Suydam se afastou, rindo para o bando, e bateu com força no alto da grande poltrona. Os homens e mulheres na sala ficaram em silêncio. Quando se sentou na grande poltrona, os convidados se sentaram às mesas de banquete. Suydam fez um gesto para afastar Tester. Ninguém podia ficar sob o holofote além dele. Tommy não sabia aonde ir, então foi até o fundo da biblioteca e se pôs perto das portas duplas. Em seguida, Robert Suydam inclinou-se para frente e falou.

— Algumas pessoas sabem de coisas sobre o universo que ninguém deveria saber, e podem fazer coisas que ninguém deveria ser capaz de fazer — disse ele. — Sou uma dessas poucas pessoas. Deixe-me mostrar para vocês.

Suydam virou-se para as altas janelas. Era noite lá fora, e as luzes da brilhante biblioteca transformaram os vidros em uma tela, como tinham feito antes. Tester observou o bando de cinquenta gângsteres. Desejou ver a reação deles quando a mágica de Suydam começasse.

— Seu povo é forçado a viver nos labirintos de uma imundice híbrida — começou Suydam. — Mas e se isso pudesse mudar?

A imagem nas janelas assumiu um verde profundo, a cor do mar vista do céu. Então, estavam no Exterior agora? Suydam conseguia fazer aquilo tão rápido? Tester ergueu as mãos e tocou, mal encostando nas cordas, sem cantar. Suydam olhou adiante e pareceu contente. Ele tocou a música de conjuração baixinho. O bando de brutamontes não tirava os olhos das janelas, mas a música e as palavras de Suydam funcionavam juntas, um feitiço ainda mais forte.

Tudo o que o velho dissera três noites antes foi repetido. O Rei Adormecido. O fim dessa ordem atual, sua civilização de submissão. O fim do homem e de todas as suas tolices. Extermínio pela indiferença.

— Quando o Rei Adormecido despertar, ele nos recompensará com o domínio deste mundo. Viveremos à sombra de sua graça. E todos os seus inimigos serão esmagados até virar pó. Ele *nos* recompensará! — repetiu o velho, agora gritando. — E seus inimigos serão esmagados!

Eles gritaram de volta. Deram tapinhas nos ombros um do outro. Pais fundadores de uma nova nação ou, ainda melhor, de um mundo novo para administrarem e controlarem.

— Vou guiá-los para este novo mundo! — vozeou Suydam, levantando-se e erguendo as mãos. — E em mim vocês finalmente encontrarão um governante justo!

Eles bateram os pés e tombaram as cadeiras. Brindaram ao reinado de Robert Suydam.

Mas Tommy Tester não conseguia celebrar tal coisa. Talvez, no dia anterior, a promessa de uma recompensa neste novo mundo pudesse ter tentado Tommy, mas naquele dia parecia inútil. Destruir tudo, então entregar o que restasse a Robert Suydam e a esses capangas reunidos? O que fariam de diferente? A humanidade não causava problemas; a humanidade era o problema. A exaustão bateu com tudo em Tommy e ameaçou afogá-lo. Pensar daquele jeito fez com que Tester tocasse uma série de notas amargas.

Suydam percebeu, embora os outros não percebessem. Olhou para Tester com severidade, mas rapidamente sua expressão mudou. Seu aborrecimento deu lugar à surpresa quando viu Tester erguer o caro violão e bater com seu corpo no chão. Estilhaçando-o. Tester virou-se para as portas duplas fechadas da biblioteca. Suydam gritou. Primeiro uma ordem, em seguida uma súplica. *Ainda não*, berrou ele. *Ainda não, seu macaco!* O velho correu na direção de Tester, mas os convidados grosseiros entraram no seu caminho. Robert Suydam viu quando Charles Thomas Tester agarrou as duas maçanetas e puxou as portas, abrindo-as. Em seguida, para horror de Robert Suydam, Tommy atravessou e fechou as portas da biblioteca atrás de si.

PARTE 2: MALONE

10

Malone saiu do Harlem rapidamente. Não voltaria para a delegacia na Butler Street, no Brooklyn, à qual dedicou seus últimos seis anos, mas iria ao Queens com o sr. Howard para devolver o pedaço de papel roubado – era mesmo papel? – que o detetive particular havia sido contratado para recuperar. Os dois homens observaram o tocador de violão preto sair aos tropeços após ser informado da morte de seu pai, em seguida Malone fez questão de agradecer aos detetives do Harlem que o chamaram mais uma vez.

Entraram em contato com Malone assim que pegaram o depoimento do sr. Howard. Era possível que o sr. Howard tivesse falado o nome de Malone casualmente e também soltado um punhado de dinheiro para que essa ligação acontecesse, mas Malone acabou não perguntando. Ele chegou, e lhe fizeram todas as cortesias de um colega detetive de Nova York. Ele atestou o caráter do sr. Howard, embora, de fato, não o tivesse em tão alta conta, e logo os quatro homens estavam sentados na cozinha de Tester, compartilhando histórias de crime no Harlem *versus* as histórias de crime no Brooklyn. O sr. Howard contou histórias de suas dificuldades como advogado no Texas, muito tempo atrás. Eles se divertiram. No quarto dos fundos, o corpo do velho preto permanecia de bruços no chão, onde havia morrido. O homem havia sido alvejado onze vezes, voado do colchão para a parede, mas seu velho violão não havia sido danificado. O único sinal de que ele realmente pertencia à cena do crime era o sangue que manchou o braço do instrumento. Quando os quatro homens se sentaram na cozinha, concordaram que o violão não precisava ser tomado como prova. Tudo foi resolvido assim, casualmente.

Nesse momento, Malone e o sr. Howard foram para a entrada da 143th Street. Viram-se na mesma plataforma de trem onde o preto – filho do falecido – estava tocando seu violão. Mesmo o sr. Howard pareceu perturbado pelo reaparecimento, então os dois esperaram no lado sul da plataforma. O violonista preto não abria os olhos enquanto tocava. Malone não conseguia imaginar que o homem estava voltando à mansão de Suydam para uma festa naquela noite. Se soubesse, ele o teria seguido em vez de ir até a casa de Ma Att.

Malone e o sr. Howard não trocaram palavra na viagem de trem até o Queens, e durante a caminhada sua conversa foi entrecortada. Um não gostava do outro. Trabalhavam juntos porque os dois haviam sido chamados para cuidar do caso Suydam. Não que estivessem fazendo muitos avanços.

Malone secretamente sentia uma certa simpatia por Robert Suydam e nojo de uma família que estava se esforçando tanto para fabricar alguma desculpa e separar o velho de sua fortuna. Se Suydam quisesse gastar seu dinheiro e tempo procurando o conhecimento mais órfico do mundo, o que a família tinha a ver com isso? Talvez Malone sentisse essa simpatia especial porque ele também tinha uma certa sensibilidade. Desde a infância, tinha certeza de que havia mais neste mundo além do que tocávamos, sentíamos o gosto ou víamos. Seu período como policial fez com que tivesse mais certeza disso. Motivações ocultas, significados espectrais, um certo subsistema de crime sempre ofereciam esse tipo de coisa. Grande parte de seu trabalho lhe permitia ver o desespero e o conluio insignificantes, mas às vezes testemunhava pistas de um mistério maior.

Por exemplo, o enigma que esperava atrás da porta de um casebre em Flushing, no Queens. Quando ele e o sr. Howard se aproximaram do lugar, a ansiedade dominou o detetive Malone. Ele ficou rígido, embora o sr. Howard parecesse tranquilo. Quando chegaram à porta da casa de Ma Att, o ar ficou úmido e carregado. Enquanto Malone puxava o colarinho e pigarreava, o sr. Howard permanecia redondamente alheio. Parecia estar de bom humor, como um cão enorme, alegre e louco. O sr. Howard aproximou-se da porta e, em vez de bater, chutou. A porta sacudiu, e Malone tremeu também. *Cuidado aí*, ele quis alertar, mas o sr. Howard não era do tipo atencioso ou cuidadoso.

Quando o som dos passos se acercou, Malone correu a mão pelos cabelos e tocou o colarinho. O sr. Howard simplesmente chutou a porta de novo. Ele se virou para

Malone, balançou a cabeça quando viu o detetive olhando em choque. Apertou os lábios como se quisesse começar a chutar o detetive sensível. Em seguida, a porta se abriu, e uma velha parou na soleira. O sr. Howard falou rapidamente.

— Não é tão rápida com os pés — disse ele. — Eu já estava indo embora.

Malone quase arfou. O tom do sr. Howard, suas palavras, ou o vislumbre da mulher que abriu a porta era suficiente? Como Malone estava bem mais longe da casa que o sr. Howard, ele viu sua silhueta lá dentro. À porta, uma mulher curvada, magra, apareceu, o nariz saliente, os cabelos bem-puxados para trás. Mas atrás daquela mulher, Malone jurava que tinha visto... o quê? *Mais* dela. Um grande volume vinha atrás da senhora, a uma distância do vestíbulo sombrio. Quase qualquer um – alguém não tão sensível, não tão sintonizado – teria ignorado aquilo como uma ilusão das sombras, um pouco de luz oblíqua. Mentes insensíveis sempre refutam o conhecimento verdadeiro. Mas Malone não podia ignorar a noção de altura, de tamanho, por trás da figura daquela mulher à porta. Não uma segunda presença, mas o restante dela. Malone passou a mão de novo pelos cabelos apenas para disfarçar o tremor da mão direita.

Enquanto isso, o sr. Howard falava com a mulher em seu tom irritante padrão. Mas, enquanto falava, a mulher olhou por sobre o ombro do sr. Howard. Quando Malone fitou seu olhar, ela abriu um sorriso malicioso.

O sr. Howard enfiou a mão no casaco e retirou a página dobrada. Malone não pediu para ver a página em todo esse tempo. Nem quando se encontraram no Harlem, tampouco quando esperaram na plataforma. Nem no trem, muito menos na caminhada até ali. As palavras do violonista preto permaneciam com ele. *O senhor não entende por que escondi a página? Não entende o que ela pode fazer com aquele livro?* O que o preto sabia? Essa questão fez com que ele acompanhasse o sr. Howard. A curiosidade tinha sido sua maldição desde a juventude.

O quadrado de pergaminho saiu do bolso do sr. Howard e, assim que a luz do sol o tocou, um foco mínimo de fumaça apareceu no ar. Malone sentiu o cheiro antes de vê-la. Um cheiro de carvão. Ma Att estendeu a mão na luz para pegá-lo. Tinha um braço incrivelmente fino, pele na cor de areia do deserto. Estendeu a mão para agarrar a página, mas o sr. Howard – para espanto de Malone – puxou-a de volta.

— Os Estados Unidos são um país de comércio — disse o sr. Howard. — Lembre-se de onde você está.

Na escuridão da casa, algo enorme se ergueu, em seguida se sacudiu como a cauda de uma cobra venenosa. Mas Ma Att – a face que ela lhes mostrava – apenas sorriu. Gesticulou para o sr. Howard verificar a caixa de correio, e lá ele encontrou um envelope. O detetive particular olhou para trás, fitando Malone com orgulho. Malone de repente esperou que Ma Att agarrasse o grande homem com sua cauda – podia ser uma cauda? – e o puxasse para dentro. Mas isso não aconteceu. Em vez disso, o sr. Howard pegou o envelope da caixa de correio e abriu a aba para espiar o dinheiro. Ma Att inclinou-se para frente, a cabeça e os ombros passando da soleira.

Os lábios dela se abriram, dentes cinza se mostraram, como se fossem cravar-se no pescoço do sr. Howard.

— Seu nome — disse Malone. — Sei que eu o ouvi antes.

A mulher, assustada, olhou para ele e voltou às sombras do batente. Ela estendeu o braço em um movimento rápido demais para qualquer um dos homens acompanhar. Tirou a página de pergaminho dos dedos do sr. Howard com agilidade.

O sr. Howard virou-se para ela e, em um movimento, agarrou o cabo do revólver que trazia no coldre de ombro. O envelope caiu de sua mão, e o dinheiro se espalhou nos degraus da frente. Uma brisa carregou algumas das notas pelo gramado da casa. O sr. Howard correu atrás do dinheiro. Malone e Ma Att estavam sozinhos na soleira.

— É um nome egípcio, não é? — perguntou Malone. — Pelo que sei, a mulher com esse nome viveu em Karnak.

— Ah, é? — disse ela. — E quanto você realmente entende disso?

— Não o bastante — admitiu Malone.

A velha assentiu com a cabeça, como se estivesse satisfeita com a resposta, a deferência nela.

— Que livro é este? — perguntou ele, tão baixo que mal conseguia ter certeza de que tinha falado alto.

— O Alfabeto Supremo — respondeu Ma Att.

— Agora a senhora tem todas as páginas — disse Malone.

— Entre aqui na minha casa — arrulhou Ma Att. — Vou lhe mostrar todas as coisas que posso encantar com um pouco de sangue derramado.

Malone afastou-se de ré até a calçada. Em nenhum momento virou as costas para Ma Att. Nem piscou. Ela soltou uma risadinha e bateu a porta com tudo. Ele encontrou o sr. Howard de joelhos na grama, contando seu dinheiro. Malone correu – realmente em disparada – de volta ao Brooklyn, de volta à delegacia. O sr. Howard gritou alguma coisa, mas Malone não ouviu, não conseguia ouvir com o som da própria respiração de pânico.

Malone esperava nunca mais voltar à casa de Ma Att, mas estava errado. Ele voltaria mais uma vez, mas então seria tarde demais.

11

O caso Suydam foi encerrado, ao menos para aqueles parentes litigiosos. Uma data judicial foi definida, e Suydam compareceu em juízo, atuando como seu próprio advogado. Os advogados da extensa família argumentaram que Suydam havia se tornado errático e senil, mas Suydam explicou que havia ficado fascinado em sua educação, o aprendizado que um homem desdenha aos vinte, mas anseia aos sessenta. Não há melhor aluno que aquele que chegou à idade da aposentadoria. O juiz, um homem com seus sessenta anos, achou aquela sugestão lisonjeira e verdadeira.

Como prova secundária da decadência de Suydam, os advogados da família apresentaram declarações juramentadas de dez de seus vizinhos de Flatbush, anunciando as horas estranhas e as figuras mais estranhas ainda que entravam e saíam da mansão de Suydam. Atestaram que, certa noite, ele havia reunido um exército de pele escura em sua casa. Mas Suydam explicou isso também. Seus estudos eram nas áreas de religião e mitos, e Nova York oferecia uma abundância rara de cidadãos de cinco nações diferentes – uma centena de tribos não desenvolvidas – das muitas chegadas recentemente aos Estados Unidos. Ele não era um maluco, mas um antropólogo amador. Se era velho demais para viajar o mundo, bem, Nova York trazia o mundo até ele.

Malone compareceu a todos os dias de julgamento e, quando Suydam explicou seus interesses esotéricos, sentiu afeição pelo velhote. Naquele tribunal inteiro, Malone sentiu que certamente apenas Suydam continha uma alma tão sensível quanto a dele, tão consciente de mistérios maiores.

No final, o juiz admitiu que as ações de Suydam, e sua companhia, talvez fizessem hesitar qualquer membro de sociedade cautelosa, mas dificilmente constituiria razão para levar o homem a um hospício ou privá-lo de seus bens. Suydam venceu, safando-se de sua família e de seus advogados. O sr. Howard foi ao tribunal oferecer seu testemunho, mas, como o caso foi decidido, a família não precisava mais dele. Tinha planos de voltar ao Texas. Ele e Malone trocaram um adeus nada emocionado, apenas um aperto de mão e "vá com Deus". Os chefes de Malone devolveram-no a suas atribuições regulares no Brooklyn, e foi esse retorno à rotina que, estranhamente, levou a um novo contato de Malone com Robert Suydam. Foi necessário para o trabalho de Malone na área de imigrantes ilegais.

Os imigrantes legais da Europa – alemães e ingleses, escoceses e italianos, judeus, franceses, irlandeses, escandinavos – eram todos bem-vindos no centro de imigração da Ilha Ellis. Vários chineses também tinham seu ingresso permitido nesse canal. Mas, e o restante? A jurisdição de Malone no Brooklyn o levou por vizinhanças cheias de sírios e persas, africanos também. Como chegaram ao Brooklyn em hordas? Havia outros portos menos famosos para esses imigrantes, claro, mas havia também um terceiro canal, as rotas ilegais conhecidas apenas por traficantes de seres humanos. Malone estava preocupado com essa terceira via. Era seu trabalho, na verdade. Seus superiores tinham-no destacado para a área de imigrantes ilegais antes do caso Suydam e o devolveram para lá logo depois disso. Dos policiais trabalhando na delegacia da Butler Street – talvez de todos os policiais da cidade de Nova York –, Malone talvez fosse o único que não odiava esse encargo. O preto, Charles Thomas Tester, tinha razão quando espiou o caderninho de Malone – todos aqueles símbolos e selos – e o considerou um caçador de segredos. Que melhor lugar para os desenterrar do que os buracos cheios de estrangeiros de Red Hook?

Então, Malone voltou à vizinhança. Sentia falta do lugar. Duvidava que houvesse outro homem branco na Terra que sequer pensaria o mesmo. Talvez, Robert Suydam. Essas pessoas, suas superstições e fés desprezíveis, eram o chumbo que uma mente superior poderia transmutar em ouro puro da sabedoria cosmogônica. Quando Malone caminhava pelas ruas de Red Hook, com frequência se flagrava como o único branco em toda a vizinhança. Estavam acostumados a vê-lo ali e, dessa forma, ele se tornou invisível. Falavam livremente perto dele, se não sempre para ele, e o bloco de notas de Malone se enchia de informações. Os moradores sabiam que era detetive da polícia de Nova York também, o que lhe trazia proteção até no quarteirão mais terrível.

Também ignorava os crimes menores. Nunca tratou com agressividade os garotos que fumavam cigarros fragrantes; não dispendia energia invadindo salinhas onde era vendida bebida ilegal; o que importava para ele se homens e mulheres naquelas salas arriscavam a cegueira, ou a morte, por intoxicação? Havia esquadrões de polícia que ficavam de olho nessa atividade. As batidas vinham se havia um cargo político local em jogo e, mesmo assim, depois de algumas fotos e a troca de muitos dólares, os criminosos eram libertados. Assim, Red Hook funcionava de forma eficiente, seus crimes se mantinham em quarentena – era tudo o que a sociedade exigia dessas vizinhanças.

Depois de uma semana de volta à patrulha, Malone, conversando onde conseguia, ficando em silêncio em restaurantes, espreitando mesas adjacentes, ouviu um nome repetido várias vezes. Robert Suydam.

Em pouco tempo, Robert Suydam se tornou o único tópico das conversas nos restaurantes de Red Hook, ouvido de grupos de jovens homens com cheiro de cravo nas esquinas. Mesmo as mulheres que se punham às janelas dos apartamentos e falavam umas com as outras através de ruas e becos invocavam seu nome. Dentro de semanas, era como se todo Red Hook estivesse falando em uníssono, repetindo um único sobrenome, entoando-o.

Suydam. Suydam. Suydam.

12

Malone tomou a iniciativa de ir até Flatbush. Uma manhã agradável para a viagem e uma pequena caminhada até a mansão de Suydam. Malone entrou no terreno e subiu os degraus do alpendre; bateu por um tempo, mas ninguém veio. Percorreu o perímetro da casa, tentando identificar uma luz, uma janela aberta, algum sinal de Suydam. Mas a mansão tinha um ar de abandono, um corpo depois de ter perdido a alma.

Por fim, Malone encontrou as janelas da grande biblioteca. Embora fosse alto, Malone ainda precisou esticar-se para espreitar lá dentro. As estantes da biblioteca – cada uma delas – estavam vazias. Nada na sala, exceto uma grande poltrona que estava de costas para Malone. Forçando os braços, ele se ergueu mais alto no parapeito. À sombra da poltrona, no chão, ele viu um par de sapatos. Ao menos pensou ter visto. Alguém estava sentado ali, ou encarapitado? Malone grunhiu como uma fera com o esforço de se manter no alto. Os braços tremiam, as costas estavam rijas. Uma sombra ou os saltos do sapato de um homem? Queria bater no vidro, mas precisava de duas mãos para se equilibrar. Em seguida, os sapatos se moveram de leve, como se a pessoa na cadeira – havia realmente alguém ali? – estivesse se escorando para se levantar. A garganta de Malone fechou-se. Ele se esforçou, mas segurou firme. Agora, a poltrona na sala se sacudiu – disso ele teve certeza. O corpo na cadeira estava se erguendo. Malone jogou o cotovelo no parapeito. Como Robert Suydam poderia não ter ouvido Malone na janela? Que prova tinha de que era mesmo Robert Suydam? Malone ouviu a voz de um homem – ou, na verdade, mais uma vibração – ondulando através dos grossos vidros. Malone não conseguiu decifrar as palavras, mas sentiu um ritmo crescente. Um encantamento.

Então, o detetive Thomas F. Malone foi agarrado.

Uma pegada poderosa nas costas do casaco de Malone. Ele caiu da janela, de costas na grama. Dois homens muito jovens de uniforme estavam sobre ele. Um deles chutou Malone nas costelas. O outro agachou-se, encaixou um joelho no peito de Malone, enfiando a mão nos bolsos dele. O rapaz encontrou o revólver de serviço de Malone, mas, na pressa da descoberta, não o reconheceu.

— Arma — disse ele ao parceiro. — O que mais você tem aí? — gritou ele para Malone.

O segundo rapaz chutou Malone de novo, berrou sobre "roubo", "invasão criminosa". Em seguida, o outro policial com seu joelho no peito de Malone encontrou o distintivo de detetive. Isso mudou o tom da conversa. Quer dizer, a conversa começou de verdade. Como também os pedidos de desculpas.

Os dois patrulheiros ajudaram Malone a se levantar. Aquele que tinha dado os chutes continuou a se desculpar. Mas Malone só exigiu uma ajuda. Os dois pareciam confusos, mas o chutador fez o que lhe foi instruído. Alçou Malone, que espreitou para dentro da biblioteca. Não apenas a figura na poltrona havia sumido, mas a poltrona também desaparecera.

13

Na manhã seguinte, Malone voltou a Red Hook, mas encontrou apenas o silêncio. Quando apareceu, as ruas ficaram mudas. Uma cortina de silêncio pôs-se entre ele e os residentes. Os jovens nas esquinas encolheram-se para mais perto um do outro, abriam a boca apenas quando era sua vez de inalar. As mulheres encarapitadas nas janelas cerravam os lábios quando Malone passava. Quando se sentava a uma mesa de restaurante, os homens, clientes frequentes do dia todo, pagavam a conta e fugiam. Parecia que todo o Red Hook tinha sido alertado para ficar longe de Malone. Por que havia xeretado na casa de Suydam?

Significava que Malone precisava fazer algo que detestava. Tinha que consultar o outro policial que trabalhava em Red Hook. Malone gostava de ser policial, mas se sentia bem diferente de quase todos os demais policiais. Tentou, em seus primeiros dois anos de trabalho, fazer amizade com os outros, mas eles riam quando mencionava os assuntos com que mais se importava. Alguns até tentaram fazer com que fosse expulso da força. Poetas podiam ser sonhadores, policiais tinham que ser durões. Esse tipo de pensamento. E assim Malone se retraiu – uma espécie de existência confinada –, embora fosse às passadas em revista e, às vezes, compartilhasse informações com outros oficiais de um caso. Mas depois que os moradores de Red Hook se voltaram daquele jeito contra ele, Malone retornou à delegacia da Butler Street. Encontrou os policiais da patrulha a pé. Já esperava que o fariam sofrer humilhações antes de compartilhar quaisquer notícias de Red Hook, mas, na verdade, os dois que encontrou na delegacia – começando um turno – estavam procurando por *ele*.

Pareciam assustados enquanto falavam com Malone.

Robert Suydam havia comprado três prédios de aluguel no Parker Place, um dos quarteirões que ficavam de frente para a orla fedorenta. Havia comprado os prédios?, perguntou Malone. E, se comprou, como conseguiu assumir a propriedade com tanta rapidez? Os patrulheiros não tinham respostas, apenas mais notícias surpreendentes para compartilhar. Em uma única noite, todos os inquilinos fugiram desses três prédios, fugiram ou foram expulsos. Em seu lugar, chegou Robert Suydam e seus livros, em número suficiente para encher quatro bibliotecas. Chegou também um exército, talvez os cinquenta dos piores que Red Hook já conhecera. Todo esse movimento feito sem um único caminhão na rua. Durante toda a noite, cada janela de cada prédio havia sido tampada com cortinas pesadas. A propriedade fora tomada pelos semideuses locais do crime e da depravação. Uma coisa pior do que os patrulheiros jamais haviam vivenciado até então estava sendo tramada naqueles edifícios. Tudo a serviço do sr. Robert Suydam.

Por último, acrescentaram o boato de um subcomandante: o sargento de Robert Suydam, um preto até então desconhecido nos registros criminais do Brooklyn. Ele agia como porta-voz de Suydam, dando ordens quando o velho não estava por perto.

— Black Tom é como o chamam — um dos patrulheiros disse. — Em todo lugar que vai, carrega aquele violão manchado de sangue.

Malone só percebeu que havia desmaiado quando os patrulheiros o ajudaram a se levantar.

14

Malone deixou os patrulheiros e foi diretamente para a zona portuária. Conhecia o Parker Place, encarapitou-se em uma escadaria na esquina. Mas Malone esqueceu que não era mais o detetive alto e magrelo que os moradores de Red Hook toleravam entre sua gente. O boato havia se espalhado. Assim que se sentou nas escadas e tirou seu caderninho, os inquilinos daquele prédio se fecharam lá dentro. Garotos nas esquinas próximas fugiram. Os locais evacuaram no tempo que levou para ele pegar sua caneta--tinteiro. Nada podia ser mais óbvio por ali do que um branco sozinho em uma escadaria. Ele se levantou, mas antes de descer o último degrau da escada, o grunhido de uma porta de madeira se abrindo ressoou na rua vazia. O preto do Harlem apareceu de um dos prédios de Suydam.

Malone folheou seu bloco de notas. Charles Thomas Tester. Aquele era o nome.

Apesar do que os patrulheiros tinham dito, ele não estava carregando um violão manchado de sangue naquele momento, e isso trouxe um alívio mais pleno a Malone do que ele podia explicar.

— O senhor Suydam pediu para que eu viesse cumprimentá-lo — disse o preto. — Lembra-se de mim?

Sua atitude e até sua voz tinham mudado muito desde o último dia que se encontraram. O preto falava com nítido desdém e encarou Malone de forma tão direta que o detetive teve que desviar o olhar.

— Seu pai — disse Malone. — Você já o enterrou?

— Eles não liberaram o corpo — disse o preto. — Não vão liberar até que a investigação esteja completa.

— Já deve estar liberado — comentou Malone. Abaixou os olhos e percebeu que segurava a caneta como uma arma. Não abaixou a mão.

— Parei de tentar — disse o preto.

Malone começou a falar, mas o preto o interrompeu.

— O senhor Suydam quer que você e os outros membros da polícia saibam que ele se mudou para esta vizinhança em caráter permanente. Ele não vai voltar a Flatbush.

Nesse momento, o preto encarou Malone com os olhos vidrados de um gato interessado em perseguir um pássaro. Malone fitou de novo o bloco de notas para fugir daquele olhar.

— Como não está fazendo nada de ilegal, espera não ser incomodado — disse o preto.

— Nós decidiremos quando não incomodar — disse Malone com frieza. — E decidiremos o mesmo quanto a você.

Havia rostos em cada janela, em cada prédio, naquele quarteirão e no próximo, observando os dois homens. Malone sentiu que era importante impor seu papel, sua posição, para o bem dos expectadores, se não o dele próprio.

— Charles Thomas Tester — disse Malone. — É seu nome. E você é do Harlem, não de Red Hook.

— Me chamam de outra coisa agora — disse o preto. — E meu nome de nascença não tem mais poder sobre mim. Morreu com meu pai.

— Black Tom? Você espera que eu o chame assim?

O preto não respondeu. Simplesmente observou Malone com paciência.

— Não quero mais ver você aqui — disse Malone. — Vou avisar à patrulha a pé que, se encontrar você em qualquer lugar do Brooklyn, que pode recolher. Não posso prometer que estará em boas condições de saúde quando te liberarem.

Black Tom ergueu os olhos para os dois lados da rua.

— O senhor Suydam necessita de um livro que só pode ser encontrado no Queens — disse ele, ignorando a ameaça do detetive. — Estou indo para lá agora.

— Eu lhe disse onde você pode ficar — Malone tentou dizer, mas sua voz vacilou.

— Melhor o senhor não estar aqui quando eu voltar — disse Black Tom.

O que aconteceu em seguida foi inexplicável, difícil até mesmo de lembrar. Black Tom fez alguma coisa; Malone ouviu alguma coisa. Um ruído baixo de repente ficou alto, como se Black Tom estivesse cantarolando uma nota insistente dentro do crânio de Malone. Os olhos do detetive perderam o foco. Malone ficou zonzo com o som e perdeu o equilíbrio. Caiu sobre a escadaria próxima, como se tivesse tomado um tapa. Seu estômago se contraiu; estava prestes a vomitar. Então, uma brisa tremenda arrancou o chapéu da cabeça de Malone. O chapéu saiu rolando por Parker Place como se tentasse fugir. Quando os olhos de Malone finalmente recuperaram o foco, ele estava sozinho na rua. Black Tom havia desaparecido.

Malone tentou se levantar, mas não conseguiu. Abaixou a cabeça entre os joelhos e respirou lentamente, contando até cinquenta. Quando ergueu os olhos de novo, uma jovem estava na janela do terceiro andar do prédio da frente, observando Malone.

— O que aconteceu? — perguntou Malone com um grito. Ele conseguiu se levantar, pensar; agarrou a cabeça, tateou o corpo, verificando se havia sido alvejado ou apunhalado. Não tinha sido nem um, nem outro. Seu revólver de serviço ainda estava no coldre de ombro, embora o metal parecesse mais quente do que deveria.

— O que você viu? — gritou Malone para a jovem.

Ela respondeu, mas Malone não compreendia o idioma. A jovem continuou gritando de verdade, as palavras fluindo mais rápido, mas sem ficarem claras. Por que nunca aprendera a falar com essas pessoas? Malone saiu às pressas do quarteirão, voltando em disparada para a delegacia da Butler Street, parando apenas para pegar seu chapéu. Recrutou um patrulheiro e pegou uma viatura. Black Tom havia lhe dito exatamente aonde ia. Provocou-o com a informação. De volta ao Queens em busca de um livro especial.

15

Quando chegou ao Flushing, Malone se inclinou para fora do Ford T com um pé no estribo, enquanto o patrulheiro seguia a toda velocidade, setenta quilômetros por hora. Malone segurava o chapéu com uma das mãos para não voar, a outra na porta para que ele próprio não voasse.

Mas quando chegaram ao quarteirão de Ma Att, viram que seria impossível continuar com a viatura. Ruas e calçadas estavam apinhadas demais. Na manhã em que ergueram barricadas na 144th Street, as hordas do Harlem pululavam. Agora, em vez de rostos negros, ele viu faces brancas, mas os números eram quase os mesmos.

O patrulheiro buzinou, gritou para o povo abrir caminho, mas era como gritar para a neve retirar-se sozinha. Malone pulou do carro, abriu caminho pela multidão, homens e mulheres tão apinhados que pareciam estar trabalhando contra ele. Malone gritava – ele era um detetive! –, mas sua voz tinha um tom desesperado. E, pior, não importava para a multidão. Ela agia como se estivesse sob um feitiço. O que chamava sua atenção?

Quando rompeu o círculo de espectadores, teve vontade de cobrir os olhos. Em vez disso, caiu em um estupor exatamente como o restante da multidão.

— Como? — murmurou ele.

Apenas uma semana antes, ele tinha estado naquele endereço. Havia encontrado Ma Att na soleira de sua casa. O sr. Howard ficara de joelhos, contando seu dinheiro. E agora parecia que Ma Att tinha desaparecido. Sua cabana inteira também. As paredes, o telhado, as janelas, a pequena caixa de correio que pendia na porta da frente. Desapareceram. O gramado da frente também. Tudo tinha sido arrancado do chão, como erva daninha. Nada permanecera além dos canos de esgoto e água da casa. Espreitavam do solo como um esqueleto parcialmente desenterrado. O terreno parecia uma cova aberta.

— Como? — Malone repetiu, mas nada além disso.

Malone varreu a área com os olhos em busca de escombros. Talvez a casa tivesse explodido. Não havia escombros.

A cabana havia desaparecido.

Malone recuperou-se e percebeu que era o primeiro policial na cena. Ele se virou para a multidão. "O que eles tinham visto?", perguntou ele. Ninguém respondeu. Permaneceram hipnotizados.

Malone sacudiu algumas pessoas à frente da multidão, mas elas não conseguiam explicar o que havia acontecido com a casa. Em vez disso, cada uma relacionava uma série de sensações – tontura, náusea, uma nota estranha e baixa tocando dentro da cabeça. A maioria estava em casa, não estava observando a residência da senhora quando essas sensações vieram. O que os atraiu para a rua foram os gritos de uma mulher.

— Que mulher? — perguntou Malone, mas ninguém conseguia identificá-la.

Mais policiais chegaram, bem como o departamento de bombeiros, e a multidão foi dispersada. Quando as pessoas se afastaram, uma mulher se aproximou de Malone. Ela havia gritado. Viu tudo o que acontecera.

— Um preto entrou na casa — disse ela. — Eu fiquei olhando da minha janela, lá. — Ela apontou para o outro lado da rua. — Fiquei preocupada, pois tenho dois filhos. Quero que fiquem em segurança.

— Claro que sim — comentou Malone. — É seu direito.

A mulher assentiu com a cabeça.

— Ele caminhou direto até a casa, e a velha o deixou entrar. Foi uma surpresa para mim. Veja o senhor, ela nunca foi sociável. Não com ninguém daqui. Mas deixou *aquele tipo* de gente entrar? Minha filha começou a gritar na cozinha, mas eu não consegui parar de observar. Fiquei tão curiosa.

Ela hesitou, olhou de novo para Malone.

— Nenhuma resposta que a senhora me der será estranha — disse ele.

Ela olhou para o terreno vazio.

— Aquele preto saiu da casa com algo na mão, enfiou dentro do casaco, depois foi para a calçada, olhou para a casa, apenas observando. Talvez não estivesse apenas observando... eu o via por trás. Então, a porta da frente se abriu, digo, inteira, e aquela velha estava bem ali e estava gritando com o homem! Ela saiu até os degraus, e eu me afastei da cortina. Nunca tinha visto aquela mulher, nem por um segundo, fora da casa. Não é estranho? Mas é verdade. Ela pedia para entregar tudo em casa, há anos. Então, ela estava lá fora. Devia estar furiosa. Foi isso que pensei. Ela desceu as escadas para dar uma lição naquele preto!

"Agora, não sei o que mais acrescentar à próxima parte, pois vou dizer que gostei do que vi. Certo? Ela saiu, e o preto ficou parado lá, paciente como ele só, e então foi como se uma porta se abrisse. Veja o senhor, bem ali, onde o portão da casa funerária encosta na propriedade dela? Alguma coisa *se abriu* bem ali. Digo que é uma porta, mas não era mesmo uma porta. Era como um buraco, ou um bolsão, e dentro do bolsão estava vazio, preto. Não sei o que mais dizer disso. Como o céu noturno, mas sem nenhuma estrela. E o tempo todo minha Elizabeth ficou gritando na cozinha.

A mulher abaixou a cabeça, fechou os olhos e os cobriu com uma das mãos.

— Então, aquele preto, ele simplesmente... — Ela olhou para o terreno, estendeu o braço esquerdo. Ela correu a mão, um gesto como se cobrisse tudo. — Ele fez assim, como alguém expulsando um gato da casa. Ou quando eu abro a porta dos fundos da cozinha e uso a vassoura para varrer a sujeira para o exterior.

— *O Exterior?* — repetiu Malone. Os lábios pareciam secos.

— E então não consegui manter meus olhos concentrados, e me senti bastante enjoada. Ouvi aquele som profundo atrás dos olhos. Deixei minha filha chorando sem parar. Agora, por que eu faria isso? Não sou esse tipo de gente. Então, quando consegui me concentrar de novo, digo, sem ficar zonza, vejo aquele homem na calçada, mas ele está sozinho agora. Digo, a casa desaparece e a grama desaparece e aquela velha mulher também. Desaparece.

— E a porta? — perguntou Malone. — O buraco que você viu?

Nesse momento, ela apoia o próprio queixo, olhando para o terreno.

— Acho que desapareceu também. Eu não estava pensando muito bem. Corri para fora. Consegue acreditar nisso? Eu estava indo pegar aquele preto se precisasse. Mas quando abri minha porta da frente, ele havia desaparecido. Fiquei em pé, na rua, gritando. Era isso, ou achei que minha cabeça explodiria com o que eu vi.

Black Tom estava com o livro. O que significava que Robert Suydam logo o teria. Pior ainda, Black Tom havia sumido com Ma Att, de alguma forma, com um movimento de mão. Se um mero tenente podia deter tanto poder, que devastação Suydam poderia causar? Malone sentiu-se repentina e totalmente pequeno.

— E sua filha? — perguntou Malone. — Tudo bem com ela?

A mulher abriu um sorriso forçado, balançando a cabeça.

— Chorou até dormir bem ali no piso da cozinha. Ela estava tentando pegar o jarro de hortelã.

Malone voltou à viatura. Acenou para o patrulheiro seguir, e os dois voltaram à delegacia da Butler Street. Malone falou sobre o que havia acontecido com a casa de Ma Att em termos vagos. Danos à propriedade. Pessoas desaparecidas. Grande roubo. Não disse nada sobre o que a mulher havia testemunhado. Seus superiores teriam passado horas questionando o depoimento, céticos por dias. E Malone sentia que eles não tinham dias para desperdiçar.

Black Tom provavelmente já havia levado o livro a seu mestre. Malone precisava tramar uma maneira de entrar junto com a força policial inteira da cidade de Nova York em Red Hook. Foi até seus superiores. Malone alegou que Suydam e Black Tom estavam produzindo bebida ilegal nos porões dos três prédios de apartamentos e abrigando imigrantes ilegais das nações menos desejáveis. Por fim, acrescentou ele, o preto provavelmente havia sequestrado a velha e a arrastado para um porão escuro para cometer crimes de natureza degradante. Os chefes de Malone ficaram devidamente motivados. Dentro de uma hora, as forças concentradas de três diferentes delegacias estavam se reunindo, um exército partindo para a batalha.

16

A REALIDADE PRÁTICA DE demover quase 75 policiais e os equipamentos necessários para uma batida com força total significava que os esquadrões não chegariam a Red Hook até a noite. Até lá, houve relatos de que três crianças haviam sido sequestradas e mantidas nos prédios de apartamentos, raptadas por Robert Suydam. Relataram as crianças como "norueguesas de olhos azuis". Diziam que turbas estavam se formando entre os noruegueses, nos arredores de Gowanus, e a polícia precisava chegar a Parker Place primeiro. Guerras étnicas se transformariam em um problema caso se espalhassem além de Red Hook.

Quando a força chegou, bloqueou o acesso à rua. Três Modelos T estacionaram na diagonal em cada ponta do quarteirão, como haviam feito na 144th Street, no Harlem. Dois caminhões dos Serviços de Emergência estacionaram na frente dos prédios de Suydam. Os residentes dos prédios adjacentes não precisaram de alertas, nem de pedidos para saírem. Evacuaram antes de a polícia puxar os freios de mão. Esses residentes reuniram-se nas outras pontas das viaturas, enchendo as escadarias das casas nos quarteirões seguintes. Toda Red Hook estava presente nesse evento. Os locais subiram nos telhados dos prédios ou se inclinaram nas janelas para testemunhar. Todos viram o que a polícia estava tirando dos caminhões dos Serviços de Emergência.

Theodore Roosevelt tornou-se presidente do Conselho dos Comissários de Polícia em 1895, e, embora tenha atuado por apenas dois anos, começou o processo de modernização da força. Como resultado, os policiais levavam um bando de armas enquanto se preparavam para tomar os três prédios. Cada homem usava seu revólver do departamento, mas agora, da carroceria dos caminhões de emergência, surgiu um arsenal: fuzis Springfield M1903, pistolas Browning Hi Power M1911 para aqueles que quisessem ir com uma arma em cada mão. Três metralhadoras pesadas Browning Modelo 1921 foram montadas na rua. Foram necessários três homens para tirar cada uma dos caminhões. E as montaram em uma fileira; cada longo cano apontava para a escadaria frontal de um prédio. Pareciam um trio de canhões, melhores para serem usadas em uma guerra em terra do que para derrubarem as portas da frente de um prédio.

Quando as 1921 foram abaixadas, pedaços grandes de piche voaram pelos ares. Com a visão das metralhadoras, a vizinhança inteira arfou em uníssono. Essas metralhadoras tinham sido projetadas para derrubar aviões do céu. Grande parte da população local havia fugido de países em cerco, no meio de uma guerra, e não esperavam encontrar uma artilharia dessas usadas contra cidadãos dos Estados Unidos.

As 1921 deram uma pausa para Malone, mas o que ele poderia fazer? Havia convocado as forças, e agora elas estavam a postos. Tomou seu lugar e esperou o aviso de ataque. A ordem veio rápido.

Malone observou a primeira onda de oficiais irromper pelas entradas do prédio. As janelas de cada edifício, em cada andar, permaneciam cobertas e escuras. Os policiais entravam em cada prédio aos gritos, esperando causar terror e surpresa. Em momentos, os sons das portas interiores abrindo frestas puderam ser ouvidos. A vizinhança assistia ao trabalho da polícia. Alguns olhavam curiosos, outros tristes, mas muitos estavam empolgados. Os jovens, em especial, foram arrebatados pela violência. Os rapazes comemoravam quando os policiais invadiam os apartamentos, embora fossem todos apenas a favor do caos.

Logo o sol se pôs, e então veio a noite.

Malone finalmente subiu as escadas do prédio mais à esquerda. Aquele do qual ele vira o Black Tom sair de manhã. Enquanto outros policiais buscavam imigrantes ilegais e bebês brancos sequestrados, Malone foi para encontrar Robert Suydam. O detetive passou pela escadaria e entrou no saguão.

Observou quando os oficiais subiram aos andares superiores daquele prédio, enquanto outros rodeavam o saguão, colocando algemas em vários homens de pele escura que estavam sendo tirados de cada um dos apartamentos acima. Mas, instantaneamente, Malone percebeu algo estranho quando nenhum oficial ali abriu, ou mesmo percebeu, uma porta no canto, ao fundo do saguão. Era como se não conseguissem vê-la ali.

Malone aproximou-se da porta e, inspecionando, conseguiu rastrear uma letra escrita de leve na porta. Um *O*. A letra parecia ser pouco mais que poeira, mas, quando tentou limpá-la, a forma se recusou a sair. Mesmo quando raspou com a unha do dedão tentando romper o círculo, o *O* continuou impassível.

— *Cipher* — disse ele em voz baixa. — Décima-quinta letra do Alfabeto Supremo.

Malone olhou para os outros policiais, mas tinham virado de costas para ele. Nem sequer entendiam o que tinham feito, a letra funcionava como um selo, influenciando-os a se afastar. Recarregaram as armas, chamaram os homens dos andares superiores, seguraram os prisioneiros com firmeza. Malone poderia ter gritado com eles, mas eles não o ouviriam. Se Malone não houvesse passado a vida estudando essas coisas, provavelmente também não teria visto o selo.

Malone testou a porta. Não estava trancada. Por que estaria? Ninguém além de Malone poderia detectá-la. Ansioso, sacou o revólver. Quando abriu a porta, quase berrou com o choque. Black Tom estava em pé, do outro lado da porta, mas atrás do preto estava a casa de Robert Suydam. Embora Malone tivesse visto a biblioteca apenas de fora, pelas grandes janelas, reconheceu as paredes com estantes embutidas. Quando as espreitou pela manhã, aquelas estantes estavam vazias, mas agora estavam totalmente cheias. Black Tom encarou Malone com a mesma surpresa. Parecia imensuravelmente mais jovem, ou mais inocente ali, naquela porta. Segurava um violão em uma das mãos, que não tinha manchas de sangue. Malone ficou tão estupefato que, por instinto, começou a puxar o gatilho. Mas antes de atirar, Robert Suydam apareceu correndo e fechou com tudo a porta por dentro.

Malone tirou o dedo do gatilho, em seguida olhou de novo para os policiais no saguão. Mesmo aquilo não havia chamado sua atenção. Magia poderosa em jogo. Pegou a maçaneta da porta de novo, ficando de lado para não permanecer diretamente no caminho se algo estranho o recebesse de novo. Mas dessa vez encontrou apenas uma escadaria escura que levava ao porão. Malone devolveu o revólver ao coldre. Entrou, e uma lufada de ar quente veio até ele como o bafo de uma grande fera. O fedor de água do rio fez seu rosto queimar. Ficou no alto das escadas do porão e apertou a maçaneta. Virar e sair – era tudo o que precisava fazer.

— Não esconda seus olhos agora — chamou Robert Suydam de dentro do porão. — Se for mesmo um caçador, venha encontrar a verdadeira visão.

Essas palavras cutucaram Malone como um insulto, e ele fechou a porta.

Quando chegou ao último degrau, Malone pôs a mão dentro do casaco. Em um dos bolsos segurou o revólver, no outro sua caderneta de conhecimentos arcanos. Malone não sabia o que queria pegar, o que oferecia maior proteção naquele espaço. Escolheu a caderneta dessa vez.

O porão daquele prédio havia sido expandido. Paredes derrubadas daquele prédio ao outro. Os escombros permaneciam em pilhas no chão, meia dúzia de marretas em um canto. As paredes dos porões dos três prédios haviam sido quebradas, e agora formavam um imenso espaço único. Em intervalos regulares havia uma lamparina de querosene no chão, oferecendo a Malone uma impressão indistinta da grande sala. Suydam e seu pessoal não tinham se mudado mesmo dois dias atrás? Aquilo era trabalho de muitos homens durante muitos meses. Só a magnitude do trabalho já o fez estremecer.

Viu um item que reconheceu, uma grande poltrona posta ao fundo da câmara do porão. Nem doze horas antes aquela poltrona estava na biblioteca da mansão de Robert Suydam. A cadeira estava virada, de costas para Malone, e mesmo à distância ele conseguiu ver que estava alta de alguma forma, talvez sobre um monte de terra, então lembrava um altar elevado. O porão havia se tornado um tabernáculo deturpado, igreja de um deus corrupto.

No meio do caminho, uma forma saiu das sombras. Um homem. O detetive não tinha visto aquele homem desde suas aparições no tribunal, e agora lá estava ele, mãos nos bolsos do mesmo colete que usara para discutir suas capacidades mentais.

— Robert Suydam — disse Malone.

Ele encarou Malone, mas na penumbra, sua expressão permanecia indecifrável. Então, Suydam se virou, falando a alguém ainda escondido nas sombras. Por fim, Suydam ergueu a mão, pedindo para Malone se aproximar.

Mesmo nesse momento, Malone teve a chance de escapar, mas espiou as palavras escritas na parede mais próxima do porão, como se tivessem sido feitas com um pincel grosso e tinta preta. A tinta estava tão respingada que apenas algumas das palavras permaneciam legíveis. Malone encontrou a caneta, abriu a caderneta e anotou o que conseguiu.

Gorgo, Mormo, lua de mil faces.

Havia muito mais, mas com aquela iluminação ruim Malone não conseguia ler tudo.

— Posso explicar, se quiser — disse Robert Suydam. Ele se aproximou muito silenciosamente, ficou perto o bastante para tocar o braço de Malone, ou cortar sua garganta. O cheiro de água do rio vinha com força, o odor asqueroso de sujeira. Malone abaixou os olhos para ver se o porão estava inundado em algum lugar, mas o chão continuava seco. O próprio Suydam carregava o cheiro. Não nas roupas, mas em seu corpo. O velho respirava, e uma onda do rio podre chegava a Malone.

Dali, Malone conseguiu divisar as feições de Robert Suydam com mais clareza, em especial seus olhos, que carregavam uma luz enfraquecida, como se o homem houvesse envelhecido uma centena de anos desde que Malone o vira diante do juiz. Suydam estendeu a mão para o braço de Malone, mas o toque foi estranho. Em vez de segurar Malone, Suydam quase empurrou o homem para longe.

— Já terminei aqui, senhor.

Black Tom. Ele veio de uma distância média, segurando um balde em uma das mãos e um pincel grande de crina de cavalo. O pincel pingava com tinta preta.

— Fiz como o senhor ordenou — disse Black Tom. — Escrevi as boas-vindas.

Suydam soltou Malone e se virou para Black Tom.

— Nada disso poderia ter sido feito sem você — disse ele.

— Eu apenas sirvo — disse Black Tom em voz baixa.

O cheiro do balde chegou a Malone, um odor acachapante, úmido e metálico. O balde estava cheio de sangue. As palavras nas paredes estavam pintadas com ele. Esse foi o momento em que o detetive Malone poderia ter pegado o revólver do bolso e matado aqueles homens. Nenhuma alma o teria condenado. Mas ele não o fez. Por que não?

Robert Suydam abriu um sorriso.

— Quer ver o que mais há aqui.

Malone assentiu uma vez com a cabeça, quase envergonhado.

— Sim, eu quero.

Robert Suydam suspirou.

— Assim são os homens como nós. Precisamos saber, mesmo que isso nos condene.

Então, ele se virou e trombou com Black Tom, que estava ali por perto. Black Tom derrubou o balde, que caiu com um baque. O resto do sangue espalhou-se, deixando uma mancha no piso do porão. O balde vazio rolou duas vezes. Black Tom correu atrás dele. Nesse momento, Robert Suydam pegou Malone de novo, pelo cotovelo.

Black Tom agachou-se, o pincel de crina de cavalo ainda na mão. Ele virou o balde de cabeça para baixo.

— Tudo derramado, senhor — disse Black Tom.

— Ah, sim? — respondeu Suydam, e sua voz vacilou.

— Mas, de qualquer forma, eu já quase havia terminado — disse Black Tom, e acrescentou —, senhor.

Suydam soltou Malone e abaixou a cabeça.

— Então, creio que não tenha importância.

— Creio que não — concordou Black Tom. — Não, senhor.

Suydam ergueu uma das mãos, acenando para Black Tom abrir espaço. Malone e o velho caminharam juntos pelo porão. Mais palavras nas paredes. Malone leu algumas em voz alta.

— Justiça. Rainha. Nascido. Eu.

Nesse momento, Suydam falou as próximas duas palavras.

— Sabedoria. Desconhecido.

— O Alfabeto Supremo — disse Malone.

— Quase — respondeu Suydam. — Uma última letra é tudo o que falta. E então...

A voz do velho parecia exausta, quando Malone esperava que ele fosse arrebatador. Da rua – como se estivesse a quilômetros –, Malone ouviu os gritos dos policiais, depois as rajadas inequívocas de armas de fogo. Pistolas primeiro, e depois os fuzis.

— Está começando, senhor — disse Black Tom. Sua voz, em contraste com a de seu mestre, tremulava de alegria.

Malone observou Black Tom. Quando voltou o olhar para Robert Suydam novamente, o velho encarou o detetive cheio de ódio. Os sons das armas na rua aumentaram, os espectadores uivavam e gritavam.

— O senhor deveria ver o restante antes que tudo acabe — disse Black Tom. — Vá para o lado daquela poltrona.

Em seguida, Black Tom empurrou Malone na direção da grande poltrona no fim do salão. Malone não questionou ou se ofendeu; ele avançou, ansioso.

Malone foi até a grande poltrona. Suas pernas estavam mais duras, seus pés mais pesados e a mente nadava como se estivesse em uma piscina nebulosa. Era simplesmente medo e curiosidade ou a atmosfera realmente estava mudando enquanto avançava para o fundo do recinto? Atrás dele, Robert Suydam falou, mas era difícil para Malone ouvir as palavras.

O Rei Adormecido!

Foi isso que Robert Suydam gritou?

Da rua, os sons de metralhadoras pesadas cortavam o ar. Não uma, não duas, mas todas as três 1921 de uma vez. Malone não conseguia saber se ouvira alguém atirando de dentro dos prédios, mas por que mais a polícia abriria fogo? Quanto tempo esses prédios de apartamentos aguentariam um trio de armas antiaéreas? Um cataclismo estava acontecendo no Parker Place, e no subterrâneo o ar cheirava a esgoto, fumaça e a ameaça da profecia.

— Ele aguarda no Exterior — gritou Robert Suydam. — Não a uma distância de quilômetros, mas de dimensões. O Rei Adormecido descansa do outro lado da porta. Será despertado por um homem de intenção inabalável.

— Suponho que seja você! — gritou Malone quando se aproximou da poltrona.

Uma figura estava sentada nela.

De repente, um grande vento começou no porão. Como se uma janela tivesse sido aberta durante um furacão. Malone estendeu a mão e agarrou a poltrona para se equilibrar. Uma figura na poltrona, claro. Alguém grande. Esse era o Rei Adormecido?

O espaço foi preenchido com uma luz tremeluzente, e Malone se virou para enfrentar a fonte. Quando ela piscou, cada canto da câmara ficou visível, cada sombra se dissipou. Malone olhou para trás e viu Robert Suydam e seu servo, Black Tom, no meio do porão. E *atrás* deles?

Um bolsão se abriu. Uma porta. Ele não via mais a escada do porão que levava ao nível da rua. Em vez disso, havia uma grande bolha de escuridão que não era de escuridão pura. Através dessa porta ele espreitou as profundezas de um mar insondável. E, naquele mar, a silhueta de algo enorme, impossível de conciliar com sua mente racional.

— Tentei alertá-lo! — gritou Robert Suydam. — Esse pirata amotinado quer dizer assassinato! O Faraó Negro está aqui!

O fogo pesado das metralhadoras continuava no nível da rua, mil rajadas, talvez mais. O teto do porão fragmentou-se, poeira caía. A polícia estava retalhando o prédio com suas Browning 1921. Não foi suficiente prender os homens lá dentro, os próprios prédios estavam sendo demolidos. Malone agarrou-se à grande poltrona como se fosse um bote em um mar revolto pela tempestade. A figura sentada, ainda nas sombras, o perturbou menos do que o que ele viu em seguida.

Black Tom ergueu a mão, e algo prateado reluziu. Ele puxou uma navalha pelo pescoço de Robert Suydam. Black Tom cortou a garganta do velho. Suydam despencou, berrando. Malone não imaginava que um homem poderia gritar com a garganta fendida, mas agora sabia que era possível. Por trás daquela cena de assassinato, a grande porta continuava a se abrir, o buraco fundo na existência se expandia.

Malone deu a volta até a lateral da grande poltrona. Deixou a caderneta cair e tateou em busca do revólver. Pousou um joelho no chão e olhou o perfil da figura na cadeira. Conhecia aquele homem. Quase engasgou com as próprias palavras.

— Senhor Howard — sussurrou ele.

O detetive particular estava sentado na grande poltrona; mesmo na morte trazia uma expressão de angústia. O topo da cabeça do sr. Howard havia sido arrancado. Fora escalpelado; a pele perto do topo da cabeça havia se enrolado e descolado. Malone estremeceu com o horror cinza do crânio exposto.

A mão de Malone encontrou o revólver em seu coldre de ombro.

Black Tom estava sobre Robert Suydam. A navalha ainda estava na mão direita, mas ele ergueu a esquerda, com a qual prendia o item que Malone havia tomado por um pincel de crina de cavalo.

— Tive que ser criativo! — gritou Black Tom. — O senhor Howard provou ser bem útil quando chegou a hora de pintar. Ao menos uma parte dele.

Malone aprumou-se e deu um tapinha no joelho do sr. Howard. Nenhum homem merecia uma morte dessa.

Malone levantou-se. Black Tom aproximou-se da grande poltrona. Malone quis que sua mão sacasse a pistola. Sobre a cabeça, o gesso desmoronava e caía. Robert Suydam, enquanto isso, estava agonizando; ficou de joelhos, tombou para frente, agarrando a garganta enquanto sua essência escorria entre os dedos, uivou mais com a perplexidade do que com a dor.

— Mesmo agora não consigo imaginar que ele vá triunfar — disse Black Tom, apontando para Suydam. O preto não segurava com firmeza a navalha, agora era um assassino casual. Os dedos estavam melados de sangue. Olhou para o teto. — Eles vão derrubar esse lugar em cima de você.

— De nós — disse Malone com a mão ainda dentro do casaco. — Em cima de nós três.

O portal permanecia aberto e, mesmo sem querer, uma parte de Malone ficou embevecida com a visão. Seus olhos ajustaram-se. Estava olhando uma cidade perdida nas eras, no fundo do mar. E no meio daquela metrópole arruinada viu uma figura tão grande quanto uma cadeia de montanhas.

— Ouça agora — disse Black Tom, apontando para o teto, indicando o turbilhão de tiros e gritos na rua. — Essa é uma canção que minha mãe e meu pai nunca me ensinaram. É toda minha.

As metralhadoras pesadas continuavam a disparar. Quanto mais de munição poderia ter lhes restado? Os gritos dos locais, combinados como se fossem um único instrumento, tocavam junto com as 1921. E Robert Suydam, pobre diabo, continuava vivo. Berrava, e seu sangue esguichava pelos dedos agarrados à garganta. Cada um desses sons formava uma camada, uma sobre a outra, uma com a outra. Uma música demente, orquestração maligna.

— Para mim parece tão suave quanto uma balada — disse Black Tom.

— Você matou a velha — retrucou Malone. — Ma Att.

— Ela não pode ser morta — explicou Black Tom. — Mas foi despachada.

— Sou um oficial da lei. Não entende as consequências de você me ferir?

— Armas e distintivos não assustam todo mundo — respondeu Black Tom.

— Como? — perguntou Malone. — Como você consegue fazer tudo isso?

— Suydam me mostrou que essas coisas eram possíveis. Mas o velho não tinha o caráter para levar isso a cabo. Precisou ser eu a atravessar as portas e dar boas-vindas ao destino. Suydam provou ser como qualquer outro homem. Queria poder, mas o Rei Adormecido não honra pedidos pequenos.

— Então, o que *você* está fazendo? — quis saber Malone, parecendo uma criança apavorada. — Se não é por poder, que motivo teria?

Black Tom deu um tapa firme na nuca de Malone, que nunca tinha sentido o Cumprimento do John. Era doloroso. Black Tom guiou-o para longe da poltrona. Enquanto se moviam, Black Tom deu um chute nela, e o corpo do sr. Howard estatelou-se no chão.

— Carrego um inferno dentro de mim — rosnou Black Tom. — E quando descobri que ninguém tinha compaixão por mim, quis arrancar árvores, espalhar o caos e a destruição ao meu redor e depois me sentar e desfrutar da ruína.

— Então, você é um monstro — comentou Malone.

— Fizeram de mim um monstro.

Foram na direção de Robert Suydam, que continuava a arfar, mas tinha perdido tanto sangue que havia caído de cara no chão. Gorgolejava como um ralo. Black Tom levou Malone na direção do portal, e Malone sentiu a repentina convicção de que Black Tom o jogaria lá dentro, o empurraria através dele. Malone temia *menos* se afogar naquele mar distante do que ficar perto daquela velha cidade sombria e condenada e ser largado entre suas ruínas.

— Não — sussurrou Malone. — Não me mande para lá. Não me mande para lá.

— Pensei que você fosse um caçador — disse Black Tom. — Bem, aí está.

Black Tom forçou Malone a ficar de joelhos. Estavam a três metros do portal. O grande vento que soprava por ele não cheirava a oceano, mas a uma podridão profunda. Uivava, e os sentidos de Malone vacilaram, golpeados por uma compreensão repulsiva.

— Palavras e melodia — disse Black Tom, falando bem no ouvido de Malone. — É o que se precisa para esta canção. Consegue ouvir a melodia pairando sobre você, mas as palavras não estão completas. Mais uma letra precisa ser escrita, mas eu talvez necessite de um pouco mais de sangue. Gostaria de me ajudar com isso?

Através do portal, em meio às ruínas da cidade afundada, Malone percebeu a figura de enormes feições – um rosto, ou a distorção de um rosto. As partes superiores daquela face eram lisas como a cúpula de um crânio humano, mas embaixo dos olhos o rosto pulsava e se enrodilhava entre tentáculos. As pálpebras do tamanho de velas desfraldadas permaneciam fechadas, felizmente, mas tremiam como se fossem abrir.

— Chega! — uivou Malone, fechando os olhos. — Não quero ver!

Black Tom levou um braço ao redor do pescoço de Malone e apertou com firmeza.

— O nome do meu pai era Otis Tester — sussurrou Black Tom. — Minha mãe era Irene Tester. Vou cantar para você a canção favorita deles.

Malone puxou o braço de Black Tom com uma das mãos, e com a outra tentou de novo encontrar sua arma. Enquanto Black Tom o sufocava, enquanto Black Tom cantava, Malone manteve uma parte de sua mente racional no meio de tanta loucura.

Encontre a pistola.
Use a pistola.

— "Não ligue se o povo rir da sua cara" — cantou Black Tom, baixinho.

Encontre a pistola.
Use a pistola.

— "Não ligue se o povo rir da sua cara."

A mão de Malone encontrou o bolso do casaco e deslizou para dentro. Ele agarrou o revólver.

— "Eu disse guarde essa verdade, um bom amigo é raridade" — arrulhou Black Tom.

A mão de Malone saiu com a arma. Ele só precisava erguê-la e puxar o gatilho tantas vezes quanto pudesse. Daquela distância ficaria surdo, talvez o dano fosse permanente, mas Black Tom seria derrotado, e isso era o que mais importava.

Black Tom grunhiu. De repente, estava fazendo algo no rosto de Malone, mas o detetive não conseguia entender o que podia ser. Quando a mão de Malone se ergueu, uma nova sensação o paralisou. Tinham ateado fogo nele, era o que parecia. Uma dor chamejante, cuja causa ele não conseguia localizar. Só sabia que era uma agonia tão intensa que o mundo pareceu se inflamar ao seu redor. Uivou como um animal, e a mão que segurava a pistola atirou contra sua vontade. A pistola caiu da mão de Malone e voou para dentro do portal, daquele mar distante.

Malone berrou, berrou e soltou o braço de Black Tom. Ele bateu no próprio rosto como se afastasse seu tormento.

Black Tom grunhiu de novo, e os olhos de Malone ficaram úmidos. Tinha algo sendo feito com os olhos de Malone. Uma sensação de repuxar, como se o rosto dele estivesse sendo arrancado. Black Tom segurava a navalha com uma das mãos, e ela pingava sangue.

Black Tom havia cortado as pálpebras de Malone.

— Tente fechá-los agora — disse Black Tom. — Não poderá escolher a cegueira quando quiser. Não mais.

Através do portal, Malone testemunhou – contra sua vontade – o momento em que a montanha se virou para encará-lo. Suas pálpebras estavam abertas. Nas profundezas do mar, um par de olhos reluziu como uma estrela. Malone chorou.

Em seguida, a visão desapareceu. O sangue de Malone turvou sua perspectiva. Pela primeira vez, os tiros das pesadas metralhadoras foram abafados pela nova destruição. O prédio do meio veio abaixo, o que fez com que os outros dois tombassem também. Desmoronassem. Para Malone, o mundo inteiro parecia estar se dividindo ao meio.

Black Tom por fim soltou Malone, e este caiu no chão do porão. Ele sussurrou uma última coisa no ouvido do detetive. Robert Suydam jazia a meio metro de distância, finalmente morto.

Malone divisou a figura de Black Tom agachando-se ao lado dele, mergulhando um dedo no sangue do detetive, em seguida escrevendo algo no chão, bem diante do portal. Quando Black Tom terminou, a entrada se fechou.

As escadas do porão que levavam até o nível da rua ficaram visíveis de novo. A porta no alto das escadas escancarou-se, e meia dúzia de policiais desceram apressados. Pensaram que estavam escapando do pior indo para o subterrâneo. Mas esses policiais devem ter pensado que haviam entrado nos intestinos do inferno mais profundo. Escaparam de um prédio de apartamentos desmoronando para encontrar um abatedouro. Os cadáveres de dois homens brancos, a forma torturada do próprio detetive Malone, do Brooklyn, as paredes e o chão melados de sangue, e um preto alto em pé no meio de tudo aquilo.

Dois dos oficiais voltaram pelas escadas, mas o cimento e os tijolos que caíram impossibilitou sua saída. Os outros quatro imediatamente ergueram as armas – fuzis e pistolas –, mirando em Black Tom.

Black Tom caminhou na direção deles com a navalha erguida sobre a cabeça. Mesmo em sua dor e delírio, Malone gritou para os policiais atirarem. Um grito pelo desejo de derramamento de sangue. Os dois últimos policiais juntaram-se a seus irmãos nos pés das escadas e sacaram seus revólveres de serviço. Os seis homens dispararam cinquenta e sete balas em Black Tom.

17

O DETETIVE THOMAS F. MALONE sobreviveu ao horror em Red Hook e recebeu as maiores honrarias do departamento assim que recebeu alta do hospital, seis semanas depois. Ficou preso no porão por 29 horas, enquanto camaradas policiais e membros dos bombeiros trabalhavam para desenterrar sobreviventes. Malone foi o único a sair vivo. A lista dos mortos retirados do porão continha o sr. Robert Suydam, o sr. Ervin Howard, seis patrulheiros do Departamento de Polícia da Cidade de Nova York. Cada corpo sugeria que a morte ocorrera pela lâmina de um instrumento cortante, mas a arma nunca foi encontrada, por mais que o porão tivesse sido minuciosamente inspecionado.

Enquanto esteve no hospital, Malone recebeu a visita, entre outros, do presidente do Conselho de Comissários de

Polícia, do chefe do departamento e de quatro diferentes subcomissários. O prefeito Hylan veio falar com Malone, bem como o arcebispo Patrick Joseph Hayes. Alguns membros da opinião pública escreveram para Malone com perguntas que deixaram perplexo o presidente do Conselho de Comissários de Polícia; ele vetou toda essa correspondência e não enviou nenhuma dessas missivas a Malone. Um homem de Rhode Island, mas que vivia no Brooklyn com sua mulher, mostrou-se tão persistente que dois policiais foram enviados à sua casa para deixar claro que não era bem-vindo em Nova York. Talvez sua disposição fosse mais bem adequada a Providence. O homem saiu da cidade pouco depois, nunca mais voltou.

Membros da imprensa fizeram tudo o que puderam para se infiltrar no quarto de Malone, mas o prefeito conseguiu para ele uma ala particular no Hospital Metodista de Nova York por medo de que Malone pudesse dizer alguma coisa estranha à imprensa. Temia-se que fosse soltar sua história bizarra – claramente resultado do choque horrendo –, mas também não queriam que fosse fotografado. A imagem abominável de um detetive sem pálpebras estamparia a primeira página de jornais do mundo inteiro.

Até aquele momento, a batida no Parker Place havia gerado matérias positivas. Quase cinquenta criminosos apreendidos, metade deles imigrantes ilegais no país. Esses 25 foram extraditados, a outra metade encarcerada por tempo prolongado. O colapso dos prédios foi atribuído a um depósito de explosivos que aqueles criminosos estavam mantendo. Por fim, os três bebês "noruegueses de olhos azuis" nunca foram encontrados no local. Pessoas do bairro atribuíram os rumores de abdução ao fogo-fátuo da inquietação europeia que sabidamente irrompeu dentro de uma vizinhança próxima a Red Hook.

Malone curou-se o melhor que pôde e, com o tempo, veio a compreensão de que precisava sair das forças policiais. Não conseguia se imaginar entrando em outro prédio, em outro quarteirão, sem cair no chão, trêmulo de medo. Seus superiores não conseguiam imaginar ninguém confiando em um policial com uma deformidade facial tão gritante.

Os especialistas do Metodista de Nova York projetaram um par de óculos que Malone teria que usar pelo resto da vida. Ele recebeu uma solução que pingaria nos olhos durante o dia para que não perdessem a umidade, e ele não sofresse dor e, possivelmente, ficasse cego. O primeiro par de óculos era claro, mas apenas criava um efeito de ampliação quando Malone os usava. O segundo par foi feito com vidro escuro, e esse foi considerado aceitável, pois evitava, para quem o encontrasse, a visão de um homem que nunca mais poderia fechar os olhos.

Pouco antes da alta de Malone, um cirurgião da polícia que fora chamado para uma consulta aos olhos do detetive foi conduzido até o quarto. Falou com Malone sobre uma cidade chamada Chepachet, em Rhode Island, onde o cirurgião tinha parentes – um lugar tranquilo, não urbano, o mais distante que Malone poderia ficar de Red Hook, mas ainda com possibilidade de aproveitar os benefícios da civilização. Um especialista em Woonsocket, cidade próxima, poderia receber Malone, falar com ele, enquanto continuasse sua recuperação. O Departamento de Polícia da Cidade de Nova York cobriria os custos de sua estadia, e ficou implícito que aquele se tornaria o lugar onde passaria a aposentaria. Se ele desaparecesse, a cidade de Nova York pagaria as contas. Malone aceitou o trato.

E, ainda assim, como sempre acontece, a história vazou. O que os jornais finalmente fizeram foi uma espécie de colcha de retalhos de verdades. Um homem chamado Robert Suydam travou conhecimento com elementos brutos de Red Hook, Brooklyn. O antigo membro da alta sociedade, atraído por uma cultura de crime e terror, viu-se corrompido por ela, perdido em um círculo de tráfico humano e sequestro de crianças. Suydam fez sua última morada em um prédio em Parker Place, e não restou à polícia outra opção senão invadir os edifícios. Depois do fogo cruzado, os prédios de construção precária desabaram, matando Suydam, um detetive particular e seis bravos membros do Departamento de Polícia da Cidade de Nova York.

Em sua totalidade, essa foi a história que chegou às páginas dos jornais. E, no fim das contas, até as lembranças de Malone mudaram. Quanto mais tempo passava no vilarejo de Chepachet, quanto mais encontrava o especialista em Woonsocket, mais Malone começava a duvidar de suas lembranças do vilão conhecido como Black Tom. Será que não tinha sido Robert Suydam que guiou o tempo todo aquelas forças horríveis? Quem mais além de um homem nascido na riqueza e com educação poderia estar naturalmente preparado para liderar? Esses foram os questionamentos apresentados pelo especialista, e eles ajudaram Malone a reformular sua compreensão do que havia sofrido. Quem poderia culpar a mente de Malone por devastar a verdade? Robert Suydam – aquele arqui-inimigo – havia matado o sr. Howard e seis policiais, além de causar danos dolorosos a Malone. No entanto, como um sinal da natureza justa de Deus, o próprio lacaio preto de Suydam virou-se contra ele e cortou a garganta do mestre.

Por mais horrível que fosse, não era essa a verdade? Os pretos simplesmente não são tão malignos, explicou o especialista. Sua simplicidade era seu dom e sua maldição.

No início de seus encontros com o especialista, Malone depararia com a questão óbvia: *Então, onde estava o corpo do preto nos escombros?* Mas o especialista afastava essas preocupações. O local ainda não estava sendo limpo, mesmo dois meses depois? Cedo ou tarde o preto apareceria. E, claro, era o que Malone mais temia.

— Você está a salvo — disse o especialista durante uma sessão. — O que está lançando essa sombra sobre você?

— O preto — respondeu Malone, mas não era uma resposta agradável.

Havia uma história que o especialista queria, a mesma contada pelos jornais e ouvida de cada oficial com quem Malone teve contato. Imagine um universo no qual todos os poderes do Departamento de Polícia da Cidade de Nova York não conseguiam derrotar um único preto com uma navalha. Impossível. Impossível. E logo Malone ficou disposto a ser convencido por essa versão. Começou a lembrar-se um pouco de estranhos estados oníricos, nos quais ele descia ao porão em Red Hook e encontrava um portal para outro mundo infernal, e lá via todas as formas de maldade, mas não um Rei Adormecido – *não* um Rei Adormecido. Robert Suydam estava lá, no sonho, e havia um pedestal dourado esculpido, e o caos insano se sucedia, e, de algum jeito, Malone era poupado. O especialista pareceu contente com essa narrativa, muito mais palatável; garantiu aos oficiais do Departamento de Polícia da Cidade de Nova York e ao gabinete do prefeito que Malone estava fazendo grandes avanços.

Malone estabeleceu sua vida em Chepachet e, lentamente, redescobriu seu interesse nos arcanos e mistérios profundos. Um punhado de itens foi enviado para ele do departamento de polícia, os últimos objetos de sua mesa na delegacia da Butler Street e um item do porão em Parker Place. Sua caderneta. Quando Malone pegou a caderneta, foi como o primeiro beijo fugidio depois de um longo período longe de um verdadeiro amor. A poeira ainda cobria a capa, e o caderninho tinha um leve cheiro de água do rio. Olhando as páginas, Malone sentiu uma parte mais antiga, mais exata de si ficando mais forte. Por outro lado, na última página, viu as palavras anotadas naquele dia em Red Hook. *Gorgo, Mormo, lua de mil faces.* Mas não foi o que fez com que vacilasse. Foi mesmo uma série de palavras transcritas na ordem em que ele as leu. O Alfabeto Supremo.

Mais uma letra precisa ser escrita, mas eu talvez necessite de um pouco mais de sangue.

Gostaria de me ajudar com isso?

Malone apertou a caderneta com força, um espasmo involuntário, e foi transportado de volta ao Parker Place, os olhos sangrando e o rosto queimando, e o preto inclinado sobre si. Sussurrou algo no ouvido de Malone. Depois, mergulhou o dedo no sangue e riscou-o no chão. O Alfabeto Supremo soletrado em sangue. Malone quase conseguiu ver a última letra, na verdade, três palavras curtas traçadas no chão do porão. As mesmas palavras que estavam na capa do livro que Charles Thomas Tester levou para Ma Att, muito tempo antes.

Mesmo ficando nauseado com a lembrança, ele se flagrou virando a cabeça, estendendo-a para a direita, como se para ouvir as últimas palavras que Black Tom falou. Quais foram?

Apenas uma linha. Mas lá, na choupana em Rhode Island, onde ele havia montado seu novo lar, as palavras não chegavam até ele.

Em vez disso, o modesto espaço começou a sufocá-lo como nunca tinha feito nos meses em que vivera ali. Ficou com medo de que as paredes da choupana fossem desmoronar e o teto vir abaixo. Ao longo da parede ele viu seis policiais, enfileirados como estavam na escadaria quando atiraram em Black Tom. O jeito como soltaram as armas e cobriram os ouvidos depois do eco tremendo dos disparos. E então, Black Tom apareceu no topo das escadas – como se tivesse vindo de fora – e foi descendo pela fileira, cortando a garganta de cada homem, uma de cada vez, todos confusos demais para perceber que estavam sendo assassinados.

E, logo em seguida, no fim daqueles degraus, Black Tom fez um ruído estranho, mas agora familiar – um som longo, baixo –, e uma lufada de ar fétido correu pelo porão. Ele nem precisava da proteção da biblioteca de Robert Suydam para se mover no tempo e entre as dimensões. Tinha se transformado em um viajante estelar sem precisar de uma nave. Em seguida, Black Tom, antigo Charles Thomas Tester, atravessou o portal. Foi embora.

Tudo isso voltou a Malone ali, na choupana, e ele não conseguia ficar lá dentro. Saiu dela correndo, mas ainda se sentia desprotegido. Desceu pela estrada de Chepachet, saiu do vilarejo até a vila próxima, Pascoag, um pouco mais urbanizada, com seu centrinho, um punhado de prédios mais altos. Malone disse a si mesmo que tinha ido até ali para pegar algumas revistas, talvez almoçar, mas nada disso era verdade. Sentia-se caçado, perseguido, mas não conseguia entender o que poderia estar lhe seguindo.

Thomas J. Malone caminhou pela Sayles Avenue e logo chegou à Main Street. Era uma figura estranha aos transeuntes, aquele homem alto, ansioso, usando óculos escuros enormes. Ficou mais estranho quando, na Main Street, ele se virou e encarou o prédio mais alto de todo o centro de Pascoag. Ergueu os olhos uma vez e caiu no chão, gritando de uma forma tão horrível que fez um cavalo que puxava um coche partir em disparada; seu cocheiro teve dificuldade em fazer o animal assustado parar. Pedestres reuniram-se ao redor do homem estranho, que olhava para cima. Perguntavam o que havia – uma criança foi enviada para buscar o xerife local –, mas o homem apenas ficava pasmado, olhando para o horizonte, daquele jeito, e a boca tremia como se estivesse prestes a berrar. "O que aconteceu?", perguntava-se a multidão em voz alta. O que ele tinha visto? Muitos ignoraram Malone, achando que era um bêbado ou um maluco, mas um punhado – almas mais sensíveis – seguiu sua linha de visão. Por um momento, todos vislumbraram um rosto abominável nas nuvens que pairavam. Cada um deles viu o que Malone via, a coisa que o fizera ir ao chão. Um par de olhos inumanos encaravam-nos dos céus, brilhando como uma estrela. Naquele instante, Malone finalmente ouviu as últimas palavras que Black Tom sussurrou no porão.

Qualquer dia desses, vou trazer Cthulhu para vocês, demônios.

Então, Malone voltou a si e, percebendo que tinha feito um escândalo, desculpou-se com as pessoas ali reunidas. Depois de se explicar para o xerife local, voltou para a sua choupana em Chepachet e se transformou, por um breve tempo, em motivo de boatos animados em Pascoag.

18

Black Tom entrou na Sociedade Victoria e pegou uma mesa na sala de jantar, uma próxima das janelas que davam para a 137th Street. Assim que chegou, enfiou a navalha no bolso e tirou casaco e colete. Tinha se lavado um pouco, mas quase não adiantou. Suas calças ainda estavam duras com terra e escuras de sangue, e a camisa tinha tanta transpiração que grudava na pele. Ainda assim, sua entrada foi permitida. O porteiro tinha medo dele.

Black Tom sentou-se na sala de jantar e, como já avançava a tarde, o espaço estava vazio. Sentou-se de costas para tudo, observou o sol brilhando sobre o Harlem e ouviu a colmeia rumorejante de vida nas calçadas e nas ruas.

Quando Buckeye chegou, um prato de comida estava servido à frente de Black Tom. Ele não havia comido nada.

Buckeye pediu seu prato – refeição feita por uma porto-riquenha dessa vez –, e ele não olhou para Black Tom até ter comido duas *alcapurrias*. O porteiro havia espalhado que o amigo de Buckeye estava na Sociedade Victoria, parecendo realmente *estranho*.

— Soube do seu pai — disse Buckeye depois de ter engolido.

— Meu pai? — perguntou Black Tom, como se tivesse esquecido que tivera um.

— Onde você esteve, cara? — perguntou Buckeye, deixando o garfo de lado. — O que aconteceu com você?

— Você vai ouvir falar — disse Black Tom com calma. — Estará nos jornais de amanhã. Provavelmente a semana inteira. Então, vão mudar de assunto.

Buckeye observou Black Tom em silêncio. Ele já estava por muito tempo na atividade para saber que havia perguntas que não se faz se quiser evitar ser tragado para um tribunal mais tarde.

Black Tom disse:

— Fiz uma coisa grande, maior do que qualquer um vai entender por muito tempo. Eu estava tão furioso.

Buckeye assentiu, comeu mais alguns bocados de *mofongo* e se segurou muito para *não* fazer as perguntas seguintes.

— Eu era um homem bom, certo? Digo, eu não era como meu pai, mas nunca fiz mal às pessoas. Não de verdade.

— Não, não fez — disse Buckeye, olhando o amigo diretamente nos olhos. — Sempre foi boa gente. Ainda é.

Black Tom abriu um sorriso fraco, mas balançou a cabeça.

— Todas as vezes que eu estava perto deles, eles agiram como se eu fosse um monstro. Então eu disse "Caramba, vou ser o pior monstro que vocês já viram"!

Os recém-chegados nas mesas próximas viraram-se para olhar Black Tom, mas nem ele tampouco Buckeye perceberam.

— Mas eu me esqueci — disse Black Tom em voz baixa. — Eu me esqueci de tudo isso.

Black Tom observou as mesas de homens e mulheres que jantavam na Sociedade Victoria. Apontou para a fileira de janelas que se abria para a 137th Street.

— Aqui ninguém jamais me chamou de monstro — comentou Black Tom. — Então, por que corri para outro lugar, para ser tratado como um cachorro? Por que não consegui enxergar todas as coisas boas que eu já tinha? Malone disse que eu pus meu pai em risco, e ele estava certo. É minha culpa também. Eu o usei sem pensar duas vezes.

Black Tom enfiou a mão no bolso e revelou a navalha. Buckeye deu uma olhada rápida ao redor da sala, mas o outro não prestou atenção. Abriu a navalha. A lâmina parecia besuntada em geleia. Buckeye sabia o que era. Black Tom estendeu a faixa de couro para afiar navalha sobre a mesa, e Buckeye jogou seu guardanapo sobre ela.

— Precisamos nos livrar disso daí — avisou Buckeye, olhando para a forma sob o guardanapo. — Deveria ter feito isso antes de entrar aqui.

— Os mares vão se erguer e nossas cidades serão engolidas pelos oceanos — disse Black Tom. — O ar ficará tão quente que não conseguiremos respirar. O mundo será refeito por Ele e por Sua espécie. Aquele homem branco tinha medo da indiferença; bem, agora ele vai descobrir como é senti-la.

"Não sei quanto tempo vai levar. Nosso tempo e o tempo deles não são contados da mesma forma. Talvez um mês? Talvez mil anos? Tudo isso vai passar. A humanidade será eliminada. O globo será deles de novo, e fui eu quem fiz isso. Black Tom fez isso. Eu lhes dei o mundo."

— Quem é Black Tom, porra? — perguntou Buckeye.

— Eu — respondeu ele.

Buckeye olhou mais uma vez em volta da sala, em seguida agarrou o guardanapo e a navalha também. Dobrou o guardanapo ao redor da lâmina.

— Seu nome é Tommy Tester — disse Buckeye. — *Charles Thomas Tester*. É meu melhor amigo e o pior cantor que já ouvi.

Os dois homens riram alto e, por um breve momento, Black Tom pareceu ser como era não muito tempo antes: um rapaz com vinte anos de idade e dono de grande alegria.

— Queria ter sido mais como meu pai — disse Black Tom. — Ele não tinha muito, mas nunca perdeu a alma.

Buckeye deslizou para baixo da mesa, mexendo na bota direita, tentando deslizar a navalha para dentro dela por segurança. Ele a descartaria no rio depois de levar Tommy para casa.

— Imagino se eu poderia conseguir a minha de volta — sussurrou Black Tom.

Ele se levantou da mesa, caminhou até uma janela e a abriu. Às 16h13, os cidadãos do Harlem no raio de três quarteirões relataram um som estranho na cabeça e uma onda repentina de náusea. Antes que qualquer um dentro da Sociedade Victoria percebesse o que estava acontecendo, Black Tom atravessou a janela. Buckeye virou-se a tempo de vê-lo saltar, mas o corpo de Tommy Tester nunca foi encontrado. *Zig zag zig*.

SOBRE O AUTOR

Victor LaValle é autor de quatro livros: *Slapboxing with Jesus*, *The Ecstatic*, *Big Machine* e *The Devil in Silver*. Foi agraciado com diversos prêmios, inclusive um Shirley Jackson Award e um American Book Award. Aprendeu o Alfabeto Supremo com dezoito anos de idade e o tem usado desde então.

EXTRAS

DE VOLTA A RED HOOK

*"Para H. P. Lovecraft, com todos
os meus sentimentos conflitantes"*

A obra que você acabou de ler é uma releitura de "O horror em Red Hook", um dos contos mais xenofóbicos, racistas e controversos de H. P. Lovecraft, autor frequentemente considerado o mestre do Horror Cósmico.

Na juventude, Victor LaValle fascinava-se frequentemente pelos mundos místicos e ocultos habilmente criados por Lovecraft, tornando-se assim rapidamente uma das suas principais influências literárias, junto com nomes potentes como Stephen King, Shirley Jackson e Clive Barker. Mas, conforme foi ficando mais velho, surpreendeu-se, para dizer o mínimo, ao ver que muitas das histórias que devorou quando criança eram incrivelmente ofensivas e perniciosas à sua própria pessoa, como homem afro-americano.

À medida que novos fatos emergem, é cada vez mais comum descobrir que artistas por quem nutrimos grande admiração manifestam opiniões ou agem de maneiras que vão frontalmente contra o que acreditamos ou até contra o que somos. Então, como separar uma coisa da outra? Como lidar com sentimentos tão conflitantes?

A resposta de LaValle foi a habilmente construída *A balada do Black Tom*, ao mesmo tempo uma homenagem e uma crítica a Lovecraft. E para dar a você, leitor, a experiência completa, incluímos o conto "O horror em Red Hook" nesta edição.

Você está prestes a voltar para Red Hook, desta vez junto com o detetive Malone – dividido entre as observações lógicas sobre o caso Suydam e sua abertura ao aspecto místico dos acontecimentos.

O seu contato com o conto será integral e, ao traduzi-lo, não amenizamos os termos escolhidos por Lovecraft, buscando seus equivalentes em impacto e intolerância. Assim, a sua experiência será similar à que levou Victor Lavalle a escrever sua releitura. É importante notar que os problemas do conto vão além de descrições pejorativas dos que não são brancos, mas em também atribuir imediatamente a eles a responsabilidade dos males que acometem o bairro, além de exprimir um desejo xenofóbico de acabar com toda imigração.

O conto e suas ideias controversas foram publicados pela primeira vez em 1927, na edição de janeiro da revista Weird Tales. Lovecraft era de fato um homem de seu tempo, um tempo no qual ideias racistas, xenofóbicas e misóginas eram menos publicamente repudiadas. Não acreditamos que isso justifique suas escolhas narrativas ou as torne aceitáveis. A responsabilidade do leitor contemporâneo é interpretar textos sob um olhar crítico.

Acreditamos que uma boa decisão só pode ser tomada com todas as informações disponíveis. O nosso objetivo é que, com essas ferramentas, você possa complementar a leitura de *A balada do Black Tom* e tirar as suas próprias conclusões sobre o que realmente aconteceu em Red Hook.

Editora Morro Branco

O HORROR EM RED HOOK

I

Há poucas semanas, em uma esquina no vilarejo de Pascoag, Rhode Island, um pedestre alto e corpulento, de aparência saudável, gerou muita especulação por um lapso singular de comportamento. Ao que parecia, ele estava descendo a colina ao lado da estrada, vindo de Chepachet; ao chegar à sua parte mais plana, virou à esquerda na avenida principal, onde várias quadras comerciais lhe conferiam um toque urbano. Nesse momento, sem motivo aparente, ele teve seu lapso desconcertante; encarou por um segundo e de maneira estranha o prédio mais alto à sua frente e, então, com uma série de gritos histéricos e apavorados, disparou em uma corrida desenfreada – que terminou em tropeço e queda no cruzamento seguinte. Levantado e limpo por mãos preparadas, viu-se que ele estava consciente, organicamente ileso e evidentemente curado do seu súbito ataque de nervos. Balbuciou algumas explicações envergonhadas envolvendo um desgaste pelo qual passara, e, com o olhar baixo, retornou para a estrada de Chepachet, arrastando-se para fora de vista sem olhar para trás sequer uma vez. Era estranho que um acontecimento assim se abatesse sobre um homem tão grande, robusto, de aparência tão normal e capaz. Essa estranheza não foi diminuída pelo comentário de um transeunte, de que o homem era o inquilino de um pecuarista nos arredores de Chepachet.

Ele era, mais tarde se soube, um detetive da polícia de Nova York chamado Thomas F. Malone, em longa licença médica depois do trabalho desproporcionalmente árduo em um caso local tenebroso, tornado dramático por um acidente. Houve um desabamento de vários prédios antigos de tijolo durante uma batida da qual participara, e algo na perda massiva de vidas, tanto de prisioneiros como de seus colegas, o impressionou de maneira particular. Como resultado, adquiriu um medo agudo e anormal de quaisquer prédios remotamente similares aos que desabaram. Então, especialistas em saúde mental o proibiram de ver esse tipo de prédio por tempo indeterminado. Um cirurgião da polícia com parentes em Chepachet sugeriu que uma aldeia pitoresca de casas coloniais de madeira seria o lugar ideal para sua convalescência psicológica; e para lá foi o doente, prometendo nunca mais se arriscar entre as ruas pavimentadas de cidades maiores até ser devidamente liberado pelo especialista de Woonsocket que lhe indicaram. Essa caminhada para comprar revistas em Pascoag fora um erro, e o paciente pagou por sua desobediência em pavor, machucados e humilhação.

Era isso o que as fofocas de Chepachet e Pascoag sabiam; e também era nisso que a maioria dos especialistas eruditos acreditava. Mas Malone contou muito mais a eles, a princípio, parando apenas quando viu a incredulidade absoluta que lhe devolviam. A partir de então, calou-se, sem protestar quando seu desequilíbrio nervoso era genericamente atribuído ao colapso de alguns prédios de tijolos na área de Red Hook, no Brooklyn, e à consequente morte de muitos policiais corajosos. Ele trabalhou duro demais, com tudo considerado, tentando limpar aqueles ninhos de desordem e violência; alguns elementos já eram suficientemente chocantes para qualquer um em plena consciência, e a tragédia inesperada fora a gota-d'água. Essa era uma explicação simples que qualquer um poderia entender; e por Malone não ser uma pessoa simples, percebeu que ela bastava. Sugerir para pessoas sem imaginação um horror além da compreensão humana – um horror de casas e quadras e cidades leprosas e cancerosas por um mal tragado de mundo anciões – seria meramente convite para uma cela acolchoada em vez de uma aposentadoria restauradora, e Malone era um homem de razão, a despeito de seu misticismo. Ele tinha a visão de longo alcance dos celtas para o estranho e o oculto, mas o olhar rápido do lógico para o de aparência pouco convincente. Uma amálgama que o levou longe em seus 42 anos de vida, e colocou-o em lugares estranhos para um universitário de Dublin, nascido em uma vila de Geórgia perto de Phoenix Park.

E agora, enquanto revisitava as coisas que vira e sentira e apreendera, Malone estava contente por não ter compartilhado o segredo do que podia reduzir um combatente destemido em um neurótico trêmulo; o que podia trazer velhos tijolos abaixo e criar mares de escuridão, transformar rostos delicados em matéria de pesadelo e presságio sobrenatural. Não seria a primeira vez em que suas percepções foram fadadas a ficar sem interpretação – e não era o próprio ato de mergulhar no abismo poliglota do submundo de Nova York uma aberração além de explicações? O que poderia dizer aos prosaicos sobre as antigas feitiçarias e maravilhas grotescas, discerníveis por olhos sensíveis, entre o tóxico caldeirão onde resquícios diversos de eras perigosas misturam seus venenos e perpetram seus terrores obscenos? Ele vira a chama verde infernal de maravilhamento íntimo nesse gritante e evasivo turbilhão de cobiça visível e blasfêmia intrínseca, e sorrira gentilmente quando todos os nova-iorquinos que conhecia zombaram de seu experimento na polícia. Haviam sido muito astutos e cínicos, ridicularizando sua busca fantástica por mistérios ininteligíveis e garantindo a ele que nesses tempos Nova York não escondia nada além de grosseria e vulgaridade. Um deles havia apostado um valor alto que Malone não poderia – a despeito das muitas coisas comoventes creditadas a ele no *Dublin Review* – sequer escrever uma história verdadeiramente interessante sobre a classe baixa de Nova York. E agora, avaliando o passado, ele percebia que a ironia cósmica justificava as palavras do profeta enquanto secretamente recusava seu significado petulante. O horror, quando finalmente vislumbrado, não poderia gerar uma história – pois, como o livro de autoridade alemã citado por Poe diz "*es lässt sich nicht lesen*" – ela não se permite ser lida.

II

Para Malone, o senso latente de mistério existencial sempre esteve presente. Quando jovem, ele sentira a beleza e o êxtase escondidos das coisas e fora poeta; mas pobreza, amargura e exílio direcionaram o seu olhar a direções mais sombrias, e o entusiasmaram com as consequências do mal mundo afora. A vida diária transformou-se para ele em uma fantasmagoria dos macabros estudos sombrios; cintilando e espiando com uma podridão velada agora, à melhor maneira Beardsley[1], sugerindo terrores atrás dos objetos e formas mais comuns, no trabalho sutil e menos óbvio de

---

[1] Aubrey Beardsley, autor e ilustrador britânico do final do século XIX, que recebeu grande influência da estamparia japonesa.

Gustave Doré[2], depois. Ele frequentemente considerava piedoso que boa parte das pessoas de grande Inteligência zomba dos mistérios profundos, pois, argumentava ele, se as mentes superiores fossem colocadas em contato total com os segredos preservados por cultos anciões e inferiores, as aberrações resultantes logo iriam não só desolar o mundo, como ameaçar a própria integridade do universo. Essa reflexão toda era sem dúvida mórbida, mas era bem lógica e compensada por um senso de humor sagaz e profundo. Malone ficava satisfeito em deixar essas noções parcialmente consideradas e em brincar despreocupadamente com visões proibidas. A histeria veio somente quando o dever o lançou em uma descoberta infernal súbita e traiçoeira demais para que escapasse.

Ele estava encarregado há algum tempo da delegacia da Butler Street, no Brooklyn, quando ficou ciente da questão de Red Hook. Esse lugar é um labirinto de miséria híbrida perto da antiga margem oposta a Governor's Island, suas ruas sujas subindo o morro do cais àquele terreno elevado onde a parte decadente de Clinton Street e Court Street levam para Borough Hall. A maior parte de suas casas é feita de tijolo, datando do primeiro quarto do século XIX, e alguns becos e atalhos mais escuros têm aquele estilo antigo fascinante que a leitura tradicional nos leva a chamar de "dickensiano". A população é uma confusão e um enigma; elementos sírios, espanhóis, italianos e pretos se aglomerando um sobre o outro, com fragmentos próximos de regiões onde moram

---

[2] Pintor francês que frequentemente retratava cenas fantasiosas e cuja obra influencia artistas até hoje.

escandinavos e americanos. É uma babel de som e sujeira, e envia gritos em resposta às ondas oleosas em seus píeres encardidos e à litania mostruosa de órgão dos apitos do porto. Há muito tempo, o lugar formava uma imagem mais brilhante, com marinheiros de olhos claros nas ruas mais baixas, e casas de gosto e qualidade onde agora casas maiores marcam o morro. É possível retraçar as relíquias dessa felicidade perdida no formato bem-acabado das construções, nas poucas igrejas graciosas e nos resquícios da arte e pintura originais aqui e ali – um lance de escada gasto, um batente surrado, um par decorativo de colunas ou pilastras corroído, ou um fragmento do que fora um gramado com trilhos de ferro tortos e enferrujados. As casas são geralmente blocos sólidos, com cúpulas cheias de janelas surgindo aqui ali, testemunhas dos dias em que as famílias de capitães e donos de barcos vigiavam o mar.

Desse emaranhado de podridão material e espiritual eram lançadas ao céu blasfêmias em centenas de idiomas. Hordas de vagabundos cambaleantes gritavam e cantavam pelas ruas e avenidas, mãos furtivas ocasionais apagavam luzes e abaixavam cortinas, e faces morenas, marcadas pelo pecado[3], desaparecem das janelas quando visitantes escolhiam seu caminho. Policiais desistiram de ordem ou reabilitação, e procuram agora erguer barreiras que protejam o resto do mundo desse contágio. A sirene da patrulha tem como resposta um tipo de silêncio espectral, e os prisioneiros que são capturados nunca são comunicativos. Ofensas visíveis

---

[3] Referência à sífilis, que em seus estágios secundário e terciário pode gerar lesões na pele.

são tão variadas quanto os dialetos locais, e gerenciam do tráfico de rum a itens proibidos em diversos estágios de ilegalidade, de vício obscuro a assassinato e mutilação em seus pretextos mais abomináveis. Que essas questões visíveis não sejam mais frequentes não é mérito do bairro, a menos que o poder de encobrimento seja uma arte digna de mérito. Mais pessoas entram em Red Hook do que saem de lá – pelo menos de maneira terrena – e aqueles que não são tagarelas têm mais chances de ir embora.

Malone encontrou nessa situação do bairro um fedor sutil de segredos mais terríveis que quaisquer pecados delatados por cidadãos e lamentados por padres e filantropos. Estava ciente, como alguém que unia imaginação com conhecimento científico que, sob circunstâncias sem leis, pessoas modernas estranhamente tendem a repetir os padrões instintivos mais sombrios da selvageria semi-símia em suas vidas e rituais de higiene; e vira frequentemente com um estremecimento antropológico os cânticos, procissões amaldiçoadas de olhos marejados e de jovens de rosto acneico que abriam caminho pelas pequenas horas escuras da manhã. Via-se grupos desses jovens incessantemente; algumas vezes a manter vigias mal-intencionadas nas esquinas, em outras nos batentes tocando de forma sinistra instrumentos baratos, em outras ainda conversando em sussurros perto de táxis sujos trazidos às ladeiras de casas velhas, decadentes e amontoadas. Eles o arrepiavam e fascinavam mais do que ele se atrevia a admitir aos seus colegas da delegacia, pois parecia ver neles uma linha monstruosa de continuidade secreta; um padrão diabólico, críptico e antigo muito abaixo e além da massa sórdida de fatos e hábitos e investigações listadas pela polícia com um cuidado tão esmeradamente técnico. Eles deviam ser, sentia em seu íntimo, os herdeiros de uma tradição chocante e primordial; deviam compartilhar dos resquícios degradados e distorcidos de cultos e cerimônias anteriores à humanidade. Era o que a coesão e determinação deles sugeriam, e transparecia na suspeita singular de ordem que espreitava naquela desordem esquálida. Ele não lera em vão tratados como *Miss Murray's Witch-Cult in Western Europe*; e sabia que nos últimos anos certamente vivera, entre camponeses e gente furtiva, um sistema assustador e clandestino de encontros e orgias descendentes de religiões obscuras antecedentes ao Mundo Ariano, mencionadas em lendas populares como Missas Negras e Sabás de Bruxas. Sabia que não podia supor nem por um momento que esses vestígios infernais de antigos cultos asiático-turanianos de magia e fertilidade ainda não estavam totalmente mortos, e ele frequentemente se perguntava quão mais velhas e mais sombrias que a pior de todas as lendas murmuradas parte desses cultos realmente poderia ser.

III

Foi o caso de Robert Suydam que levou Malone ao centro das questões de Red Hook. Suydam era um homem recluso e culto de uma antiga família holandesa, originalmente dona de poucos recursos. Ele morava em uma mansão espaçosa mas mal preservada, construída por seu avô em Flatbush, quando o povoado era pouco mais que um punhado agradável de casinhas coloniais cercando a torre coberta por heras da Igreja Protestante e seu terreno cercado, cheio de lápides em holandês. Em sua casa solitária, afastada da Martense Street em um terreno de árvores frondosas, Suydam lera e se isolara por seis décadas, exceto pelo período, há uma geração, em que viajou pelo velho mundo e sumiu por oito anos. Não tinha como manter criados e aceitava poucas visitas à sua solidão absoluta; evitando amizades próximas e recebendo os raros conhecidos em um dos três cômodos térreos que mantinha em ordem – uma vasta biblioteca de pé-direito alto cujas paredes eram totalmente repletas de livros gastos de aspecto solene, arcaico e vagamente repugnante. Sua cidade crescer e ser absorvida pelo Brooklyn pouco importou a Suydam, afinal ia cada vez menos à cidade. Os mais velhos ainda o reconheciam na rua, mas para a maior parte da população recente ele não passava de um homem velho, gordo e esquisito, cujo cabelo branco desgrenhado, barba por fazer, roupas pretas reluzentes e bengala de topo dourado atraíam um olhar entretido e nada mais. Malone não o conhecia pessoalmente até o dever convocá-lo para o caso, mas já havia ouvido indiretamente que Suydam era uma grande autoridade em superstições medievais e despretensiosamente quisera dar uma olhada em certo panfleto sobre a Cabala e a lenda de Fausto que o homem possuía e que um amigo citara de cor.

Suydam tornou-se um caso quando seus únicos e distantes parentes deram testemunhos jurídicos sobre a sanidade dele. Essa atitude pareceu súbita ao resto do mundo, mas foi tomada apenas depois de uma observação contínua e um debate pesaroso. Foi motivada por algumas mudanças estranhas em seu discurso e comportamento; referências loucas a assombros iminentes e buscas irresponsáveis por áreas pouco respeitáveis do Brooklyn. Tornara-se mais e mais maltrapilho ao longo dos anos e agora vagava como um verdadeiro mendigo. Era visto ocasionalmente em estações de metrô por amigos constrangidos ou vadiando em bancos perto de Borough Hall, em conversas com grupos de desconhecidos morenos e de aparência maligna. Quando falava, era para balbuciar sobre poderes ilimitados quase ao seu alcance e para repetir com olhar malicioso palavras místicas ou nomes como "Sephiroth", "Ashmodai" e "Samaël". A ação judicial revelou que ele estava gastando toda a sua renda e corroendo seu patrimônio na compra de volumes incomuns importados de Londres e Paris, bem como na manutenção de um decadente apartamento subterrâneo no distrito de Red Hook onde passava quase todas as noites recebendo grupos estranhos de arruaceiros e estrangeiros, e aparentemente liderando algum tipo de cerimônia atrás de cortinas verdes nas janelas discretas. Os detetives designados a segui-lo relataram ouvir gritos e cânticos estranhos e o furtivo arrastar de pés saindo desses rituais noturnos, e estremeciam ao êxtase e abandono peculiares, apesar de serem rotineiras essas orgias incomuns naquela área torpe. Entretanto, quando a questão chegou a uma audiência, Suydam conseguiu preservar sua liberdade. Seus modos tornaram-se civilizados e razoáveis perante o juiz, e ele admitiu espontaneamente a estranheza de sua conduta e no linguajar extravagante no qual caiu pela devoção excessiva ao estudo e à pesquisa. Estava, segundo ele, dedicando-se à investigação de determinados detalhes da tradição europeia que exigiam contato próximo com grupos estrangeiros, com suas músicas e danças folclóricas. A ideia de que alguma sociedade secreta estava se aproveitando dele, como sugerido por sua família, era evidentemente absurda e mostrava quão tristemente limitada era sua compreensão sobre ele e seu trabalho. Triunfando com explicações calmas, foi determinado que Suydam fosse liberado. Os detetives contratados pelos Suydam, Corlears e Van Brunts foram dispensados com resignada aversão.

Foi assim que entrou no caso uma aliança de inspetores federais com a polícia, e Malone com ela. Os agentes da lei observaram as ações de Suydam com interesse e foram chamados em diversas ocasiões para ajudar os detetives particulares. Nesse trabalho conjunto descobriu-se que os novos colegas de Suydam estavam entre os criminosos mais negros e cruéis das ruas anormais de Red Hook, e que pelo menos um terço deles era de infratores conhecidos e reincidentes em roubo, desordem e tráfico de imigrantes ilegais. Na verdade, não seria exagero dizer que o círculo íntimo do velho erudito coincidia quase perfeitamente com o pior da quadrilha organizada que traficava algumas drogas asiáticas sem nome nem classificação sabiamente recusadas pela Ellis Island. Na região fervilhante de – desde então renomeada – Parker Place, onde Suydam tinha seu apartamento, havia crescido uma colônia bem incomum de gente com olho rasgado que usava o alfabeto arábe, mas era ostensivamente repudiada pela grande massa de sírios perto da Atlantic Avenue. Todos poderiam ter sido deportados por falta de documentação, mas a legalidade é lenta e uma pessoa não perturba Red Hook a menos que a publicidade o force.

Essas criaturas frequentavam uma igreja de pedra em ruínas, usada como salão de baile às quartas-feiras e que exibia suas colunas góticas perto da parte mais vil da margem. Era formalmente uma igreja católica, mas padres de todo o Brooklyn rejeitavam a autonomia e autenticidade do lugar e os policiais concordavam ao escutar os sons ali emitidos à noite. Malone costumava imaginar que ouvia, quando a igreja estava vazia e escura, terríveis notas graves desafinadas de um órgão escondido num profundo subsolo, enquanto todos os observadores temiam os berros e batuques que acompanhavam as cerimônias visíveis. Quando questionado, Suydam disse acreditar que o ritual era remanescente da cristandade nestoriana pincelado com shamanismo do Tibet. A maioria das pessoas, conjecturava, era de ascendência mongol; de origem no Curdistão ou algum lugar próximo – e Malone não conseguia deixar de lembrar que o Curdistão é a terra dos yezidis, os últimos sobreviventes dos adoradores persas de demônios. De qualquer maneira, a agitação da investigação de Suydam deu a certeza de que esses recém-chegados ilegais estavam inundando Red Hook em quantidades crescentes; entravam por meio de alguma conspiração da marinha, fora do alcance de fiscais e da polícia portuária, tomando a posse de Parker Place, espalhando-se rapidamente morro acima e sendo recepcionados com curiosidade fraternal pelos demais habitantes diferenciados da região. Suas silhuetas atarracadas e fisionomias vesgas características, grotescamente combinadas com roupas norte-americanas chamativas, eram mais e mais numerosas entre os vadios e gangsters nômades da área de Borough Hall; até o ponto em que considerou-se necessário computar seus números, determinar suas origens e profissões, e se possível cercá-los e entregá-los às devidas autoridades de imigração. Malone foi designado para essa tarefa em acordo entre as forças federais e municipais, e, ao começar sua investigação em Red Hook, sentiu-se preparado na iminência de terrores inomináveis, com a figura amarrotada e desgrenhada de Robert Suydam como demônio e adversário.

IV

Os métodos policiais eram variados e engenhosos. Por meio de perambulações discretas, conversas cuidadosamente casuais, ofertas oportunas de goles em cantis e diálogos criteriosos com prisioneiros assustados, Malone aprendeu muitos fatos isolados sobre o movimento cujo aspecto tornou-se tão ameaçador. Os recém-chegados eram de fato curdos, mas usavam um dialeto obscuro de filologia incerta. Os que trabalhavam viviam como estivadores ou ambulantes ilegais, embora fossem frequentemente garçons em restaurantes gregos e atendessem novas lojas de esquina. Mas a maioria, entretanto, não tinha meios de subsistência visíveis e estavam obviamente conectados com atividades clandestinas, das quais contrabando e tráfico ilegal de bebidas eram as menos indescritíveis. Eles chegaram em navios a vapor, aparentemente escondidos na seção de carga e desembarcados secretamente em noites sem lua, em barcos a remo roubados de determinado cais e que seguiam um canal escondido para uma piscina subterrânea secreta sob uma casa. Esse cais, esse canal e essa casa, Malone não conseguia localizar, pois as memórias de seus informantes eram excessivamente confusas, enquanto sua fala era de difícil compreensão até para o intérprete mais apto; também não conseguia obter dados reais das razões para essa importação sistemática. Eles eram reticentes sobre o ponto exato pelo qual vieram, e nunca tinham a guarda suficientemente baixa para revelar os agentes que os haviam procurado e indicado o caminho. De fato desenvolveram uma reação de pavor agudo quando perguntava-se a razão de sua presença. Criminosos de outras linhagens eram igualmente taciturnos, e o máximo que se conseguia obter era que algum deus ou grande sacerdote havia prometido a eles poderes inéditos, glórias sobrenaturais e domínios em uma terra estranha.

Tanto a presença de recém-chegados quanto a de velhos criminosos era regular nas reuniões fortemente guardadas de Suydam, e a polícia logo aprendeu que o ancião recluso havia alugado conjuntos adicionais para acomodar todos os convidados que conhecessem a senha. Ocupavam pelo menos três edifícios e recebendo permanentemente muitas de suas estranhas companhias. Ele gastava pouquíssimo tempo em sua casa de Flatbush agora, indo e voltando aparentemente apenas para pegar e devolver livros. Seu rosto e trejeitos haviam adquirido um toque assustador de selvageria. Malone o abordou duas vezes, mas foi bruscamente repelido em ambas.

Ele não sabia de nada, dizia, de tramas ou movimentos misteriosos; e não tinha ideia como os curdos tinham chegado ou o que queriam. Seu objetivo era estudar sem perturbações o folclore de todos os imigrantes do distrito; um objetivo com o qual a polícia não tinha preocupações legítimas. Malone mencionou sua admiração pelo seu panfleto antigo sobre a Cabala e outros mitos, mas o abrandamento do velho foi apenas momentâneo. Ele percebeu a intrusão e rejeitou peremptoriamente o visitante. Malone desistiu relutantemente, por fim, e buscou outros canais de informação.

O que poderia ter desenterrado se pudesse trabalhar continuamente no caso, Malone nunca saberá. O que houve foi um conflito estúpido entre autoridade municipal e federal que suspendeu as investigações por vários meses, durante os quais o detetive se ocupou com outras tarefas. Mas não perdeu o interesse em momento algum, nem deixou de se admirar com o que começara a acontecer a Robert Suydam. Justamente à época em que uma onda de sequestros e desaparecimentos causou agitação em Nova York, o erudito desgrenhado iniciou uma metamorfose tão preocupante quanto absurda. Um dia ele fora visto perto de Borough Hall com o rosto adequadamente barbeado, cabelo bem cortado e trajes imaculados de bom gosto, e desse dia em diante notava-se uma melhora obscura nele. Manteve essa nova elegância sem interrupção, acrescentando um brilho estranho aos olhos e uma rigidez na fala, perdendo pouco a pouco a corpulência que deformava-o há tanto tempo. Agora era frequentemente percebido como mais jovem, adquirira uma elasticidade no passo e uma adaptabilidade na conduta para combinar com a nova aparência, e mostrava um escurecimento dos cabelos que de alguma forma não sugeria tintura. Conforme os meses passavam, ele começou a vestir-se de maneira menos conservadora e, finalmente, surpreendeu os novos amigos ao reformar e redecorar a mansão de Flatbush, que abriu em várias festas nas quais convidou todos os conhecidos de que conseguia se lembrar, estendendo uma acolhida especial à família totalmente perdoada que tão recentemente pedira seu encarceramento. Alguns compareceram por curiosidade, outros por dever; mas foram todos subitamente encantados pela graça e civilidade do outrora eremita. Havia, assegurava ele, cumprido boa parte do trabalho que se propusera a cumprir; e tendo acabado de herdar uma propriedade de um amigo europeu meio esquecido, estava prestes a passar seus próximos anos em uma segunda juventude, possibilitada por conforto, cuidado e uma boa dieta. Era visto cada vez menos em Red Hook e mais na sociedade na qual nasceu. Os policiais notaram uma tendência dos bandidos de se reunirem na velha igreja-salão em vez de no porão de Parker Place, embora este e seus anexos recentes ainda contassem com grande fluxo de vida nociva.

Então houve dois incidentes: suficientemente separados, mas ambos de intensa relação com o caso, como Malone o concebia. Um era o anúncio discreto no *Eagle* do noivado de Robert Suydam com a srta. Cornelia Gerritsen de Bayside, uma jovem de excelente posição e remotamente aparentada ao seu noivo, já ancião. O outro era uma batida da polícia municipal no salão de baile, depois da denúncia de o rosto de uma criança sequestrada ter sido visto por um segundo em uma da janelas do porão. Malone havia participado dessa batida e estudara o interior do local com muito cuidado.

Nada fora encontrado – na verdade o edifício estava totalmente deserto quando entraram –, mas o celta, que era sensível, ficara vagamente perturbado por várias coisas da parte interna. Havia painéis toscamente pintados que não o agradavam – painéis que retratavam faces sagradas com expressões peculiarmente mundanas e sardônicas, e que ocasionalmente tomavam liberdades que mesmo o senso leigo de decoro mal podia tolerar. Então havia também a inscrição grega na parede sobre o púlpito; um encantamento antigo no qual esbarrara em seus dias universitários em Dublin, e que se traduzia literalmente por:

"Ó, amigo e companheiro da noite, vós que regozijais no ladro de cães e sangue derramado, vós que vagais em meio às sombras entre as tumbas, que ansiais por sangue e trazeis terror aos mortais, Gorgo, Mormo, lua de mil faces, estejais favorável aos nossos sacrifícios!"

Quando lera isso estremecera e pensara vagamente nas notas desafinadas do órgão que ele pensava ouvir sob a igreja em algumas noites. Ele estremecera novamente ao ver a ferrugem ao redor de um anel na bacia metálica do altar, e parou nervosamente quando suas narinas pareceram detectar um mau cheiro estranho e sinistro de algum lugar da vizinhança. Aquela memória olfativa o assombrava e ele explorara o porão com especial zelo antes de partir. O lugar era muito repulsivo a ele; mas, afinal, eram os painéis e inscrições blasfemos mais do que meras simplificações perpetradas por ignorantes?

À época do casamento de Suydam, a epidemia de sequestros era um escândalo popular nos jornais. A maior parte das vítimas era crianças das classes mais baixas, mas o número crescente de desaparecimentos fortaleceu um sentimento de mais pura fúria. Os jornais clamavam por ação policial e mais uma vez a delegacia da Butler Street mandou homens para Red Hook atrás de pistas, descobertas e criminosos. Malone estava contente por voltar ao rastro, e orgulhou-se de uma batida em uma das casas de Suydam em Parker Place. Ali não havia, de fato, nenhuma criança roubada, apesar dos boatos de gritos e da faixa vermelha encontrada na entrada externa do porão; mas as pinturas e inscrições grosseiras nas paredes descascadas da maioria dos cômodos e o laboratório químico primitivo no sótão ajudaram a convencer o detetive de que ele estava no rastro de algo imenso. Os quadros eram aterrorizantes – monstros horríveis de toda forma e tamanho, e paródias do contorno humano que não podem ser descritas. A escrita era em vermelho e variava do alfabeto árabe para o grego, latim e hebraico. Malone não conseguia entender muito, mas o que ele decifrou já era portentoso e cabalístico o bastante. Uma formulação que se repetia frequentemente estava em um tipo de grego helênico hebraicisado e sugeria as mais terríveis invocações demoníacas do declínio da época alexandrina:

· HEL · HELOYM · SOTHER ·
· EMMANVEL · SABAOTH · AGLA ·
· TETRAGRAMMATON · AGYROS · OTHEOS ·
· ISCHYROS · ATHANATOS · IEHOVA ·
· VA · ADONAI · SADAY · HOMOVSION ·
· MESSIAS · ESCHEREHEYE.

Círculos e pentagramas emergiam em cada canto e evidenciavam sem dúvidas as crenças e aspirações estranhas daqueles que viviam de maneira tão degradante aqui. No porão, entretanto, foi onde encontraram o mais estranho dali: uma pilha de barras genuínas de ouro, cobertas sem cuidado com um pedaço de juta e exibindo em suas superfícies os mesmos hieróglifos estranhos que adornavam as paredes. Durante a batida a polícia encontrou apenas uma resistência passiva dos desconfiados orientais que enxameavam cada porta. Não encontrando nada relevante, tiveram que deixar o lugar como estava; mas o capitão do batalhão escreveu um recado a Suydam, o aconselhando a avaliar atentamente o caráter de seus inquilinos e protegidos devido ao crescente clamor público.

V

Então chegou o casamento em junho, com grande sensação. Flatbush estava muito alegre na expectativa pelo meio-dia, e carros com bandeirinhas corriam pelas ruas perto da velha igreja holandesa, onde um toldo se estendia da porta ao corredor. Nenhum evento local superou o casamento Suydam-Gerrisen em tom e escala, e os que escoltaram os noivos ao Cunard Pier eram, se não exatamente os mais inteligentes, ao menos uma página significativa das páginas sociais. Às cinco da tarde acenaram adeus e a embarcação solene se afastou do longo pier, virando sua proa lentamente em direção ao mar. Descartou seu rebocador e partiu para espaços marítimos amplos que o levariam para maravilhas do velho mundo. À noite a saída do porto estava vazia, e passageiros atrasados assistiam às estrelas piscarem sobre um oceano limpo.

Se foi o navio a vapor ou o grito que primeiro chamou atenção, ninguém saberia dizer. Provavelmente foram simultâneos, mas não há utilidade em precisar isto. O grito veio da cabine de Suydam e o marinheiro que arrombou a porta talvez pudesse relatar coisas aterrorizantes se não tivesse ficado completamente louco de imediato – mas ele gritou ainda mais alto que as primeiras vítimas e em seguida correu com um sorriso afetado pelo convés até ser pego e contido. O médico do navio que entrou na cabine em seguida e acendeu as luzes um momento depois não enlouqueceu, mas não contou a ninguém o que viu até bem depois, quando correspondeu-se com Malone em Chepachet. Foi assassinato – estrangulamento –, mas não era necessário dizer que as marcas de garra no pescoço da sra. Suydam não poderiam ser de seu marido ou de qualquer mão humana, ou que sobre a parede branca piscou por um instante, em um odioso vermelho, letras que, copiadas de memória depois, revelaram-se nada menos que as temíveis letras da Caldeia formando a palavra "LILITH". Não era necessário mencionar essas coisas porque sumiram rapidamente – no caso de Suydam, podia-se pelo menos barrar a porta da cabine até que se conseguisse saber o que pensar daquilo. O médico garantiu assertivamente a Malone que não tinha visto **aquilo**. A fresta da porta, segundos antes de acender a luz, estava nublada com uma espécie de fosforescência e por um momento pareceu ecoar pela noite afora a sugestão de uma risada débil e infernal; mas nenhuma silhueta chegou a ser vista. Como prova, o médico ressalta a permanência de sua sanidade.

Então o barco a vapor exigiu toda atenção. Ele parou ao lado do navio e uma horda escura de rufiões insolentes em roupas de oficial enxamearam o convés do temporariamente paralisado cruzeiro. Queriam Suydam ou o corpo dele – estavam cientes de sua viagem e, por determinados motivos, tinham certeza de que ele morreria. O convés do capitão estava praticamente um pandemônio; pois naquele momento, entre o relato do médico que fora à cabine e as exigências dos homens do barco a vapor, nem mesmo o mais sábio e sério homens do mar saberia o que fazer. De repente, o líder dos marinheiros invasores, um árabe de detestável boca negroide, estendeu um papel sujo e amassado para o capitão. Estava assinado por Robert Suydam e tinha a estranha mensagem a seguir:

> Em caso de acidente súbito ou minha morte, favor entregar a mim ou meu corpo sem questionamento ao portador desta mensagem e seus associados. Tudo para mim, e talvez para você, depende de absoluta anuência. Explicações podem vir depois – não me decepcionem.
> — *Robert Suydam*

O capitão e o médico se olharam, e o último sussurrou algo ao primeiro. Finalmente, assentiram desolados e mostraram o caminho para a cabine de Suydam. O médico impediu que o capitão olhasse para dentro enquanto permitia que os marinheiros incomuns entrassem na cabine, e segurou a respiração até que cumprissem a tarefa depois de um período imensuravelmente longo de preparação. Estava envolvido nos lençóis das beliches e o médico estava contente pelos contornos não serem muito discerníveis. Os homens colocaram aquilo de lado de alguma maneira e o carregaram para o vapor sem descobri-lo. O cruzeiro voltou a se mover e o médico e um legista foram à cabine fazer os serviços fúnebres que podiam. Mais uma vez o doutor foi forçado à reticência e ao falseio, pois algo infernal acontecera. Quando o legista lhe perguntou por que drenara todo o sangue da sra. Suydam, ele deixou de dizer que não o fez; também não mencionou as garrafas ausentes na prateleira ou o cheiro na pia que indicava o que acontecera ao seu conteúdo. Os bolsos daqueles homens – se fossem homens – incharam terrivelmente ao deixar o cruzeiro. Duas horas depois o mundo sabia tudo que havia para se saber sobre esse acontecimento terrível.

VI

Nessa mesma tarde de domingo, sem notícias do que houvera no mar, Malone estava desesperadamente ocupado nos becos de Red Hook. Uma súbita agitação pareceu permear o lugar, e, como se algo incomum tivesse sido transmitido por telefone sem fio, os habitantes aglomeravam-se ansiosos ao redor da igreja-salão de baile e das casas de Parker Place. Três crianças tinham acabado de desaparecer – norueguesas de olhos azuis das ruas sentido Gowanus – e havia rumores de uma revolta de vikings robustos formando-se naquela área. Malone estava pedindo a seus colegas por uma varredura geral há semanas; e, por fim, motivados por questões mais óbvias ao senso comum do que pelas conjecturas de um irlandês sonhador, concordaram com um golpe final. A comoção e perigo desta noite foram o fator decisivo e por volta da meia-noite um grupo de busca recrutado de três delegacias chegou a Parker Place e arredores. Portas foram arrombadas, vagabundos foram presos e salas à luz de velas forçadas a vomitarem amontoados inacreditáveis de estrangeiros diversos em vestes filigrandas, mitras e outros itens inexplicáveis. Muito foi perdido no tumulto, pois objetos foram prontamente jogados em valas imprevistas, e os odores disfarçados pela súbita queima de incensos pungentes. Mas havia respingos de sangue por toda parte e Malone estremecia a cada vez que via um braseiro ou altar dos quais ainda subisse fumaça.

 Ele queria estar em muitos lugares ao mesmo tempo, e decidiu ir para o porão de Suydam apenas depois de um mensageiro relatar que a igreja-salão estava completamente vazia. O porão, pensou Malone, devia ter alguma relação com o culto do qual o erudito místico havia tão obviamente tornado-se centro e líder. E foi com real expectativa que saqueou os cômodos mofados, notou um cheiro vago de ossário neles e examinou os livros exóticos, as ferramentas, as barras de ouro e as garrafas de vidro com rolha espalhadas descuidadamente aqui e ali. Em certo momento um gato malhado magro passou entre seus pés e o fez tropeçar, também derrubando um recipiente cheio de líquido vermelho.

 O choque foi grande e até hoje Malone não tem certeza do que viu; mas, em sonhos ainda vê esse gato como corria naquele dia, com certas peculiaridades e alterações monstruosas. Então veio a porta trancada do porão e a procura por algo para abri-la. Havia um banco pesado por perto e seu assento tosco era mais que suficiente para os painéis antigos. Uma rachadura surgiu e cresceu e a porta inteira cedeu – mas pelo outro lado. E de lá veio um vento gélido e tumultuoso com todos os fedores do fosso sem fundo, de lá veio uma sucção que não era terrena ou divina, que, cercando conscientemente o detetive paralisado, arrastou-o pela abertura e o derrubou em espaços imensuráveis preenchidos por sussurros e gemidos, e lufadas de risos cínicos.

Obviamente fora um sonho. Todos os especialistas disseram-lhe, e ele não tinha provas do contrário. De fato, ele preferia que fosse assim, pois, dessa maneira a visão de casebres velhos de tijolos e escuros rostos estrangeiros não o atormentariam no fundo da alma. Mas no momento em que aconteceu era tudo horrivelmente real, e nada poderá apagar a memória daquelas criptas sombrias, aquelas arcadas titânicas e aquelas silhuetas infernais semi-definidas que caminhavam colossalmente em silêncio, com coisas meio comidas cujas porções ainda vivas urgiam por misericórdia ou riam em loucura. Os cheiros de incenso e corrupção se aliaram em concerto doentio e o ar negro estava vivo com o volume semi-visível e nebuloso de coisas elementais disformes e com olhos. Água escura e pegajosa saltava em píeres de ônix, e, assim que o tilintar sinistro de sinetes roucos fraquejou para saudar o sons histéricos de uma coisa fosforescente nua que nadou para a superfície, debateu-se até a margem e levantou-se para perscrutar agachada em um dourado pedestal ornado ao fundo.

Avenidas de noite ilimitada pareciam irradiar para toda direção e poderia-se pensar que aqui estava assentada a raiz de uma epidemia destinada a adoecer e engolir cidades e engolfar nações no fedor de híbrida pestilência. Ali havia entrado o pecado cósmico, espalhado-se por ritos profanos e começado a marcha ameaçadora da morte que viria nos apodrecer em aberrações fúngicas horríveis demais para o abraço do túmulo. Satã dispôs aqui sua corte babilônica e no sangue de juventude imaculada os membros leprosos da fosforescente Lilith eram lavados. Íncubus e sucubus uivavam glórias a Hécate e cordeiros decapitados baliam para a Magna Mater. Bodes saltavam ao som de finas flautas amaldiçoadas e Ægi-Pãs caçavam eternamente faunos deformados em rochas torcidas como rãs inchadas. Moloch e Astaroth não estavam ausentes, pois essa quintessência de toda danação baixou as barreiras de consciência e abriu à percepção do reino de horror e de cada dimensão proibida que o mal tem poder de moldar. O mundo e a Natureza estavam desamparados contra tais ataques dos poços noturnos destampados, e nenhum sinal ou prece poderia afastar a desordem do horror que se instalara quando um sábio com a chave detestável esbarrou em uma horda com o cofre fechado e transbordante de tradição demoníaca herdada.

De repente um raio de luz materializado atravessou esses fantasmas e Malone ouviu o som de remos entre as blasfêmias de coisas que deveriam estar mortas. Um barco com uma lanterna na proa singrou à vista de Malone, atracou em um anel metálico no lodoso píer de pedra e vomitou vários homens de pele escura que carregavam um volume longo enrolado em lençóis. Levaram-no à coisa nua fosforescente no pedestal dourado, que emitiu um som histérico e apalpou os lençóis. Então desenrolaram o embrulho e colocaram verticalmente diante do pedestal o corpo gangrenoso de um homem velho e corpulento com barba por fazer e cabelo branco desgrenhado. A coisa fosforescente repetiu o som e os homens tiraram garrafas do bolso e as deram para que bebesse.

De uma só vez, de uma avenida arqueada que levava que parecia seguir infinitamente, vieram os chocalhos e chiados demoníacos de um órgão blasfemo, engasgando e roncando os escárnios infernais em graves rachados e debochados. Em um instante cada entidade em movimento estava eletrizada; e formou-se uma procissão cerimonial súbita, a horda e pesadelos deslizou para longe em direção ao som – bode, sátiro, Ægis-Pã, íncubus, súcubus e cordeiro, rã deformada e elemental disforme, uivador com cara canina e caminhante silente da escuridão – todos guiados pela abominável coisa fosforescente e nua que havia agachado no áureo trono adornado, e que agora passeava insolentemente carregando em seus braços o cadáver de olhos vidrados do corpulento homem idoso. Os estranhos homens de pele escura dançavam na retaguarda, e toda a coluna pulava e pinoteava com fúria dionisíaca. Malone cambaleou em seu encalço, delirante e confuso, duvidando de seu lugar neste ou em outro mundo. Então ele virou, fraquejou e afundou na pedra fria e úmida, ofegante e tomado por calafrios enquanto o órgão demoníaco continuava a coaxar, e os uivos e os tambores e o tilintar da insana procissão se tornavam mais e mais débil.

De forma vaga, ele estava consciente dos horrores cantados e do coaxar estridente à distância. Por vez ou outra um lamento ou choramingo de devoção cerimonial flutuava até ele através da negra arcada, enquanto em certo momento de lá se levantou o encantamento grego pavoroso cujo texto ele lera sobre o púlpito daquela igreja-salão de baile.

"Ó, amigo e companheiro da noite, vós que regozijais no ladro de cães *(aqui um hediondo uivo se projetou)* e sangue derramado *(aqui sons inomináveis rivalizaram com guinchados mórbidos)*, vós que vagais em meio às sombras entre as tumbas *(aqui um suspiro sibilante ocorreu)*, que ansiais por sangue e trazeis terror aos mortais *(gritos curtos e agudos de uma miríade de gargantas)*, Gorgo *(repetido em resposta)*, Mormo *(repetido em êxtase)*, lua de mil faces *(suspiros e notas de flautas)*, estejais favorável aos nossos sacrifícios!"

Conforme a cantaria cessou, um berro geral se elevou, e silvos quase afogaram o coaxar do órgão de graves rachados. Então um ofegar como que de muitas gargantas, e uma babel de palavras latidas e balidas – "Lilith, Grande Lilith, vislumbre o noivo!". Mais gritos, um clamor de desordem, e as passadas breves e rápidas de uma figura que corria. As passadas aproximaram-se, e Malone levantou-se sobre os cotovelos para poder olhar.

A iluminação da cripta, antes bem parca, aumentou levemente; e naquela luz demoníaca, lá aparecia a forma fugidia daquilo que não deveria fugir ou sentir ou respirar – o cadáver gangrenoso de olhos vidrados do homem corpulento, agora sem precisar de apoio, animado por alguma feitiçaria infernal do ritual encerrado há pouco. Então ele correu atrás da coisa nua, fosforescente e risonha que pertencia ao pedestal adornado, e ainda mais atrás arfavam os homens escuros, e toda a tripulação temível de repugnância perceptível. O cadáver estava cobrindo a distância dos que o perseguiam, e parecia focado em um objetivo definido:

estendia cada músculo apodrecido em direção ao áureo pedestal adornado, cuja necromântica importância era evidentemente imensa. Mais um momento e ele alcançaria seu objetivo, enquanto a multidão desorganizada se esforçava na velocidade mais frenética possível. Mas não foi o bastante, porque em um último surto de força do cadáver que o rasgou de tendão a tendão e levou sua barulhenta massa a chafurdar no chão em um estado de dissolução gelatinosa, o cadáver de olhos arregalados que um dia fora Robert Suydam alcançou seu objetivo e seu triunfo. O esforço havia sido excessivo, mas o impulso havia seguido. Conforme o corpo desmoronava em uma poça lamacenta de corrupção, o pedestal que ele havia empurrado cambaleava, inclinava-se, e, finalmente lançou-se de sua base de ônix para as densas águas, despedindo-se com um relance do ouro entalhado enquanto afundava pesadamente aos golfos insondáveis do Tártaro inferior. Também naquele instante toda a cena de horror desvaneceu para o nada defronte os olhos de Malone; e ele desmaiou em meio a um desabamento estrondoso que pareceu ofuscar todo o universo maligno.

VII

O sonho de Malone, inteiramente vivenciado antes que soubesse da morte e transporte de Suydam no mar, foi curiosamente complementado por alguns fatos estranhos do caso – embora isso não fosse razão para alguém acreditar nele. As três velhas casas de Parker Place, sem dúvida há muito apodrecidas em uma decadência insidiosa, desmoronaram sem razão aparente enquanto metade do grupo de busca e a maioria dos prisioneiros ainda estavam dentro. A maior parte de ambos morreu imediatamente. Apenas nos porões e adegas houve alguma sobrevivência, e Malone teve sorte de estar nas profundezas da casa de Robert Suydam. Ele estava realmente lá, e ninguém estava disposto a contradizê-lo. Foi encontrado inconsciente à beira de uma piscina de negror noturno, com uma miscelânea grotesca de putrefação e ossos a alguns passo de distância, identificável pela arcada dentária como o corpo de Suydam. O caso estava esclarecido, pois era para cá que o canal subterrâneo dos contrabandistas levava; e os homens que o pegaram no cruzeiro trouxeram Suydam para casa. Estes nunca foram encontrados, ou ao menos nunca identificados. O médico do navio ainda não está satisfeito com as conclusões simples da polícia.

Suydam era claramente um líder em um esquema de tráfico humano, pois o canal em sua casa era apenas um dos muitos canais subterrâneos e túneis no bairro. Havia um túnel que ia da casa dele à cripta sob a igreja-salão; uma cripta acessível somente por uma passagem secreta estreita na parede norte da igreja, e em cujas câmaras coisas terríveis e exepcionais foram encontradas. O órgão coaxante estava lá, bem como uma vasta capela arqueada com bancos de maneira é um altar estranhamente disposto. As paredes eram divididas em pequenas celas, em dezessete das quais – horrível de se relatar – encontraram-se prisioneiros solitários acorrentados, em estado de completa idiotia, quatro mães com recém-nascidos de aparência perturbadoramente estranha. Esses bebês morreram assim que expostos à luz, circunstância que os médicos acharam bem misericordiosa. Ninguém além de Malone, entre aqueles que os examinaram, lembrou da pergunta sombria de Delrio: *"An sint unquam daemones incubi et succubae, et an ex tali congressu proles nasci queat?"*[4].

Antes que soterrassem os canais, foram completamente drenados, e revelaram uma gama espantosa de ossos serrados e partidos de todo tamanho. A origem da epidemia de

---

[4] Já houve demônios, íncubus e succubus, e se houve poderiam gerar uma prole?

sequestros fora rastreada, embora apenas dois dos prisioneiros sobreviventes pudessem ser legalmente relacionados a ela. Esses homens estão presos agora, pois foram considerados culpados como cúmplices dos próprios assassinatos. O pedestal adornado ou trono dourado tão aludido por Malone como de importância oculta nunca foi encontrado, embora houvesse um ponto sob a casa de Suydam no qual o canal transformava-se em um poço fundo demais para drenagem. Sua abertura foi bloqueada e cimentada quando os porões das novas casas foram construídos, mas Malone frequentemente especulava o que haveria abaixo. A polícia, satisfeita por esfacelar uma gangue perigosa de maníacos traficantes de gente, entregou os curdos inocentados às autoridades federais, e descobriu-se antes que fossem deportados que eram yezidis, do clã de adoradores de demônios. O barco a vapor sem bandeira e sua tripulação continuam um mistério indefinido, embora detetives cínicos estejam novamente prontos para combater atividades de contrabando e tráfico de rum de barcos como esse. Malone acha que esses detetives demonstram uma perspectiva tristemente limitada em sua falta de fascínio pela miríade inexplicável de detalhes e pela obscuridade sugestiva de todo o caso. Embora ele fosse apenas um crítico dos jornais, que viram tão somente uma atração mórbida e se alegraram com o culto sádico inferior que proclamaram como o horror do próprio coração do universo. Mas fica contente em permanecer quieto em Chepachet, acalmando seus nervos e rezando para que o tempo possa gradualmente transferir sua experiência terrível do reino da realidade presente para o da distância pitoresca e semi-mítica.

Robert Suydam repousa ao lado de sua noiva no cemitério de Greenwood. Não houve funeral para os ossos estranhamente soltos e a família ficou grata pelo pronto esquecimento do caso como um todo. A conexão do erudito com os rumores de Red Hook nunca foi legalmente estabelecida, já que sua morte impediu o inquérito que ele teria enfrentado. O fim que levou não é muito mencionado e a esperança dos Suydam é que a posteridade o lembre como apenas um homem recluso e gentil que se entretia com magia e folclore inofensivos.

Quanto a Red Hook: continua a mesma. Suydam veio e foi, um terror surgiu e dissipou-se; mas o espírito maligno da escuridão e sordidez prolifera-se entre os mestiços das velhas casas de tijolos, e bandos predadores ainda desfilam em direção a tarefas desconhecidas, além de janelas em que luzes e faces distorcidas aparecem e somem inexplicavelmente. O horror de eras é uma hidra de mil cabeças e os cultos sombrios se enraízam em blasfêmias mais profundas que o poço de Demócrito[5]. A alma da besta é onipresente e triunfante e a legião de jovens de olhos cansados e rosto acneico de Red Hook continua à cantar, amaldiçoar e uivar enquanto passam de abismo a abismo, ninguém sabe de onde e por quê, impulsionados apenas pelas leis cegas da biologia que possivelmente nunca entenderão. Como sempre, mais pessoas entram do que saem em Red Hook do jeito terreno, e já há boatos de novos canais subterrâneos

---

[5] Demócrito era um filósofo grego atomista do século V a.C. e a ele se atribui a frase "Na verdade não sabemos nada, pois a verdade jaz no fundo de um poço".

para determinados centros de contrabando de álcool e itens menos mencionáveis.

A igreja-salão agora é mais salão de baile, e rostos estranhos têm aparecido em suas janelas à noite. Recentemente um policial manifestou a suspeita de que a cripta soterrada fora novamente desobstruída sem uma justificativa plausível. Quem somos nós para combater venenos mais velhos que a história e a espécie humana? Símios dançavam a esses horrores na Ásia e o câncer espreita a salvo, expandindo-se onde a furtividade se esconde entre fileiras de tijolos deteriorados.

Malone não estremece sem motivo – pois um dia desses um policial entreouviu uma velha negra e estrábica ensinando algo a uma criancinha, num patuá sussurrado às sombras da entrada de um porão. Escutou, achando muito estranho que ela repetisse de novo e de novo:

"Ó, amigo e companheiro da noite, vós que regozijais no ladro de cães e sangue derramado, vós que vagais em meio às sombras entre as tumbas, que ansiais por sangue e trazeis terror aos mortais, Gorgo, Mormo, lua de mil faces, estejais favorável aos nossos sacrifícios!"

Esta obra foi composta por Gustavo Abumrad em Caslon Pro e
impressa em papel Pólen Soft 80g com revestimento de capa
em Couché Brilho 150g pela Santa Marta para
Editora Morro Branco em setembro de 2018